陽炎の国と竜の剣

陽炎《かげろう》の国《くに》と竜《りゅう》の剣《けん》

佐倉朱里《さくらあかり》

ILLUSTRATION

子刻《ことき》

CONTENTS

陽炎の国と竜の剣

◆
陽炎の国と竜の剣
007
◆
陽炎の国と虹をまとう星
115
◆
はじまりの旅
217
◆
あとがき
258
◆

陽炎の国と竜の剣

窓辺に、一羽の鳥がとまっている。部屋のあるじは、それに気付くと、ペンを置いてゆったりと立ち上がった。

背の高い男だ。齢《とし》のころは、三十までにはまだ間があるといったところだが、若いに似ず威厳のあるたたずまいなのは、その身にまとう豪奢《ごうしゃ》な衣装のせいばかりではあるまい。それでいて、肩幅や胸の厚みなどは、この人物が武術にも秀でているだろうことが窺《うかが》われる。黒髪、黒い目、顔立ちは整っているが、唇が薄いのと、目の光が鋭すぎるのとで、笑みをうかべていても酷薄そうに見えるのが難だ。

鳥は全体が灰色味を帯びていた。長旅をしてきたとはいえ、羽並やそのつやにくたびれたところはないのだが、どことなくみすぼらしく見えるのは、この鳥を使う者の印象が重なるせいか。彼は鼻で嗤《わら》い、鳥の体を無造作につかむと、室内の止まり木に移らせた。

その足には、金属製の筒がくくりつけられている。秘密の手紙を運んできたのだ。

細かく折りたたまれた小さな紙片に目を通し、彼は口元に冷淡な笑みをうかべた。

「じき、完了……？　大口をたたいた割に、時間がかかったではないか」

本当ならば、もう二ヶ月も前に終わっていたはずの「仕事」だ。

「だが、まあいい。いきなり干上がらせてはかわいそうというものだ。あの美しくみずみずしい肌を枯らしては、あまりに気の毒だしな」

男は手紙を細くねじり、燭《しょく》の火にかざした。

炎の舌は、あっというまに頼りない紙片を舐《な》めつくした。

「いずれにせよ、手配は順調、というわけだ。……さあ、あなたが私《わたし》の手に落ちてくるのは、いつになるかな」

男は心底愉快そうに呟《つぶや》く。

「きっとそう遠くはない日だろう。その日が、本当に楽しみだ」

そこへ、扉をたたく者があった。入室を許すと、侍従だ。

「陛下、ミーラン国王より書状がまいっております」

噂《うわさ》をすれば。男はゆっくりとほほえみ、銀の盆にうやうやしく捧《ささ》げられた手紙をつまみあげた。

灰色の鳥は、まだ止まり木にいた。打ち払うようなしぐさで手を振ると、開け放したままの窓からさっと飛び出してゆく。

小さな影は、あっと言う間に見えなくなった。

◇◆◇

「……陽炎《かげろう》だ」

風もなく、強烈な陽射《ひざ》しの照りつける砂漠で、一人の旅人が立ち止まって、彼方《かなた》を見晴るかした。

腰に大剣を帯びている。旅をして長いのだろう、日よけのマントがすっかりさらされ、縁飾りの色糸も褪《あ》せている。砂色に見える髪は、砂ぼこりのせいか、日にさらされすぎたためか、それとも地の色か。よく日焼けした顔つきは精悍《せいかん》で、はしばみ色の双眸《そうぼう》には、尊大な様子が見えていながらどこか憎めない、愛嬌《あいきょう》のような色が躍っていた。

と、強い翼のはためきが聞こえた。見れば、彼の頭上を旋回していた猛禽《もうきん》が一羽、おりてきて肩にとまったのだ。ハヤブサだ。鋭いくちばしをひらいて、鳴き声を立てるようなしぐさをする。

「うん？　ああ、見えるよ。陽炎みたいな、きれいなやつのことだろう？」

旅の剣士は、ハヤブサに答えるふうだ。まるで鳥の言葉がわかるように。

「ありゃ塚だな……死者を悼んでるんだ。誰《だれ》か亡くしたのか」

剣士はその様子に視線をそそいだまま、顎《あご》をさすった。とは言うものの、その死者に哀悼を捧げる、陽炎のような人影とやらは、この距離からはケシ粒ほどにしか見えない。同じ方向には、かろうじて、城壁と、それを取り囲む農地と思《おぼ》しき緑がかすかに臨めるのみだ。それを、容貌《ようぼう》すら見極めるようであるのは、特別製の眼《め》を持っているのか。

肩にとまったハヤブサが、見とれている彼を咎《とが》めるように、短い髪をついばんだ。

「いてっ、ああ、わかってるよ。用件は忘れてないって。ミーランはこのすぐ先だ。……あいつもミーランの住人だろう。会えりゃ楽しいがな」

愉快そうな笑みを口元にうかべると、旅の剣士はフードをかぶり直し、また歩きだした。

目指す国ミーランまでは、もう半時というところだった。

◇◆◇

剣士が、ミーランへ行ってくれ、と頼まれたのは、かれこれ半月ばかり前のこと。旅に生きる鳥が、広大なターヘル砂漠の中央に位置するイールハーンに翼を休めて、一年近くが経《た》とうとしている日のことだった。

とある屋敷の露台に身を乗り出し、庭の向こうの通りを行き交う人の群れを眺める。荷車をひくロバ、それに寄り添うようにして歩く商人と思しき男。頭に果物がいっぱいの籠《かご》を載せて歩く女。笑いながら駆ける子供は、遊び仲間の名を叫んでいるようだ。声高に呼びこむ物売り。連れにけだるそうにもたれかかって歩く若い男は、朝帰りの遊冶郎《ゆうやろう》か。

　この国は、東西の交差点だ。東から西から、北から南から、人や物が入ってきては、また出てゆく。商店には珍しい品物があふれ、通りをゆく人々は、髪や目や肌の色もさまざまだ。今右手へ行った女は、南方の褐色の肌をし、腰が張ってあだっぽい。かと思えば、それとすれ違った男は、背は低く顔も平板だ、これは東の人間だろう。

　ふいに、通りを向こうから歩いてきた小麦色の髪の女が、こちらを見た。

　目が合った。知らない女だがなかなかの美人で、人なつこいのか、ぱっと笑顔になると、ひらりと手を振った。どこかの商売女なのだろうか、そう思って見ると、装身具など、それなりにいいものを身につけているが、良家の婦人というふうではない。歩き振りの、きびきびしているがしなやかな感じからすると、踊り子か何かかもしれない。

　いい女だ。剣士はにやりとして、こちらからも手を振り返してやった。

　女は艶《えん》な流し目をひとつくれて、また歩いていった。

　剣士はいい気分でザクロをかじった。朝にもいだばかりというそれは、ルビーのような果肉に果汁がみずみずしく満ち、甘酸っぱい。

　渇いた喉《のど》にはまさしく甘露だった。だが――どんな美味でも、そればかりでは、飽きが来る。

「ここにいるのも長くなったな。そろそろ潮時か」

　そうもらすと、屋敷のあるじでこの国の上流階級

に属するその男に聞きとめられ、

「どうせまたあてもなくふらふらとほっつき歩くつもりなんだろう」

と決めつけられた。

まさに図星だったので剣士は笑ったが、男はふいに真顔になった。

「私の妹の子が、ミーランの王冠を戴《いただ》いている」

剣士は大仰に恐れ入ってみせる。ということは、この飄々《ひょうひょう》とした男は、まがりなりにも一国のあるじの外戚《がいせき》というわけではないか。

「ほ！　そんなご身分のおかたとは存じませんでしたな」

金褐色の髪に明るい茶色の眼をしたその男――年のころは立派に中年と呼ばれる域にはいっているはずなのだが、表情や話し方に愛嬌があって、いまだに少年のようにも見える――は、肩をすくめた。

「私らも、まさかあの子にお鉢がまわってくるとは、夢にも思わなかったのだがね。……しばらく会っていないが、手紙のやりとりだけは続いていてね、なんでもミーランは今大変な状態らしい……愚痴や弱音を吐く子ではないから、くわしくは知らせてくれないが、それがかえって気になるのだ」

剣士はあからさまに気乗りしない様子を見せた。

「王だって？　おれはお貴族さまとは相性がよくないんだ、山だしなもんでな」

すると男は、おおげさに驚くふりをした。

「おや、私と仲がよくないとは言わせないよ」

剣士は牙《きば》をむく。

「あんたみたいな変人がそうそういてたまるか！」

まったくこのお貴族さまは、自覚がないのが困りものだ。

どうしてこんな変人と知り合ったのか――剣士は

短い髪を掻《か》きながら思い返した。

一年ほど前、ふらりと立ち寄ったこの国でちょうど、国王主催の武術大会が催されていた。剣士は飛び入りで参加して、並み居る強豪を次々と打ち負かし、みごと優勝したのだ。

その晩、うまい食い物にありつけるというだけの理由で出席した祝賀会で、はなから貴族なんぞとお近づきになるつもりはなかった剣士は、たまたま声をかけてきたこの男と、その場で意気投合してしまったのである。以来一年の間、彼は食客という身分を得ていた。

「大体、おれがそのミーランへ行ったところで、何もできねえよ。あんたが自分で行けばいいだろう、アルマーイル？」

ごねる剣士を意にも介さず、ミーラン王の伯父たるアルマーイルはにっこり笑う。

「それじゃあんまり過保護みたいじゃないか。あの子の自尊心を傷つけるよ」

「だからおれを行かそうってのか。行ってどうすんだ？」

「様子を見るだけでいいよ。本当は力になってやってほしいけれど」

「しちめんどくせえ」

「言うと思った」

アルマーイルは笑った。

剣士は渋い顔つきで短い髪を掻きまぜる。

「様子を見たところで、おれはここには戻ってこないんだぜ？」

「あ、そうか、それでは私に伝わらないな。……そうだ、あの子に手紙を書くから、それを届けておくれ。何か困ったことがあったら連絡するように書いて送るよ。そうしたら、何かしら返事が来るだろうし、よっぽどの事態になれば、助けを求めてくるだろう」

「それを過保護と言わずに、何と言うんだ？」

「これは援助だよ、伯父として当然の」

「十分過保護だがね」

剣士は鼻で嗤った。

アルマーイルは鷹揚《おうよう》に受け流した。

「まあよろしく頼むよ、シャイル。きみしか頼める人間がいないんだ」

「なんだかなあ……」

剣士シャイルはぼやいた。

「気が乗らねえなあ。何だって会ったこともない王のために、おれが使い走りさせられなきゃならねえんだ？」

「まあいいじゃないか、人助けだと思って」

「役得がねえとやってらんねえな。あんたの妹ってのは美人か？」

アルマーイルは大きくうなずいた。

「近隣に聞こえた美女だったよ、それでのちに夫となる若者に見初められたんだ」

シャイルはあっさり前言をひるがえした。

「よし乗った」

ところがアルマーイルのほうは、微妙な顔つきになった。シャイルが乗ったことを喜ぶような、それでいて苦笑するような。

それに気付かず、シャイルは確認する。

「ちなみに、旦那《だんな》のほうはくたばってたりしないか？」

アルマーイルは答えた。

「旦那は亡くなってるけど――それより前に、妹も亡くなってるよ」

剣士は舌打ちした。

「それじゃしょうがねえ。今の話はなしだ」

男は身を乗り出す。

「でも妹の子もすごくきれいなんだよ。母親に似たんだ。いや、父親もいい男だったけどね」

「だって男だろ？」

「でも美形だよ。見てみたくないかい？」

「野郎の顔じゃあな」

「野郎の顔でも美形は美形だよ」

「野郎の顔にも美形って種類があるのは知ってるが、それが好みに合うかどうかってのとは、また別だ」

「一見の価値はあると思うんだがね。見るだけでも見てみたら」

「あんたも食い下がるな」

「かわいい甥《おい》のためだからね」

「しかしなあ」

アルマーイルは業を煮やした。

「一年間養ってやったろう？　きみには一宿一飯の義理ってものはないのかい？」

シャイルは目をむいた。

「なんて言いぐさだ。ずいぶん下々の事情に通じてるみたいだな？」

結局、シャイルは押し切られてうんと言わされ、ミーラン王への手紙と、身分証代わりの印章指輪を持たされて、上機嫌のアルマーイルに送り出されたというわけだった。

◇◆◇

さて、半時ほど歩き続けて、剣士はついにミーランの城壁にたどりついた。視線を西に転じれば、さきほど、陽炎のごとき人の哀悼を捧げた塚がある。塚は土を山に盛り上げ、つき固めたような格好のものばかりだが、台形に石で覆ったものもあった。身分のある死者の住まいだ。

そこら一帯は、昔から墓地なのだろう。新旧とりまぜた塚が、死者の眠りをさまたげぬようひっそりと、いくつも横たわっている。

それにしても、新しいものが多いようだ。つくりも粗い。まるで、大慌てで葬ったような塚の数々の意味することは――。

「……はやり病だな」

剣士は呟いた。

「ここの王さまの頭を悩ます大変なことってのは、それか。やれやれ」

合点してうなずいたが、実は、それだけではなかったのである。

城門をくぐった彼は、異様な気配に立ち止まった。

ミーランは典型的なオアシス都市だ。都市全体を囲む城壁にうがたれた四方の門から、街の中央に位置する王宮へは、まっすぐに目抜き通りが走る。そこは大きな商店や宿屋が軒を並べ、あるいは露店が立ち並びなどして、最もにぎわうべき場所だ。

それが、ここときたらどうだろう、まるで火が消えたようにひっそりとして、そこを行き交う人の姿とてない。白塗りの壁が陽光を反すのがいっそうしらじらとして、街をあげて葬礼の最中のようだ。

剣士は空気の匂《にお》いをかいで、納得した。

「……涸《か》れてるな。水の匂いがしない」

それをうべなうように、ハヤブサが翼をはためかせた。

「尋常じゃねえな」

乾季だとしても、この乾きようは常軌を逸している。いよいよ面倒《めんどう》なことになりそうだ。そういうときの癖なのか、短い髪をかきまわしながら剣士は鼻を鳴らし、ともかくとっとと用件をすまそうと、王宮へ向かった。

白亜の丸屋根をいただく王宮は、外壁に青い釉薬《ゆうやく》をかけて焼いたタイルで幾何学文様を描き、イールハーンのそれほど壮麗ではなくても、十分に美しいといえる。乾いているのはここも同じだが、さすがにまだ威儀が保たれているようだ。城門には、疲れた顔色ながら衛兵がおり、見慣れぬ剣士を厳しく誰何《すいか》する。

シャイルはよどみなく答えた。

「これはイールハーンより参った者、こちらの王陛下の伯父君、アルマーイルさまの、陛下あての書状をお預かりいたしている。取り次がれたい」

そしてその身分を証《あか》すものとしての印章指輪を渡し、城門のそばにもうけられた控えの亭《あずまや》にて待つことしばし。

脱いだマントをはたいて砂を落としていると、戻ってきた衛兵が、彼に向けて一礼した。

「陛下がお会いになられる。こちらへ参られよ」

「かたじけない」

シャイルは兵について歩きながら、彼のハヤブサにこそりと話しかけた。

「しかし、アルマーイルをさま付けして呼んだのなんざ、初めてだぜ」

まったくだ、とハヤブサがうなずいた。

宮殿は、ミーランの都市の格に相応して、小規模なものだった。剣士はあたりに視線を配りながら、尋常ならざる気配を感じとっていた。

どこもかしこも乾ききっているのだ。砂漠地帯のこと、乾燥は分かちがたい伴侶《はんりょ》だが、都市として機能している場所になら当然あるべき水脈の気配が、ここでは途絶えている。井戸は涸れ、地は干上がり、人々も渇いている。

どう見てもおかしい。自然現象で水が涸れることはままあるが、彼の勘は、これが自然現象でないと告げていた。

「こちらだ」

通された一室は、身内からの使いということで、謁見の間というよりは、もっとくだけた応接間なのだろう。衛兵も一礼を残して退《さ》がってしまった。諸官が居並べるほどの広さはなく、異国の客を圧倒するための華美な装飾もなく、淡いピンク色の砂岩を貼《は》りこんだ壁に、花唐草文の綴《つづ》れ織りがかけてあるだけの、落ち着いた、感じのよいつくりになっている。長椅子《いす》が一対と卓が一基、銀の水差しと杯《さかずき》が一対、これが唯一きらきらと輝くものだ。何より、その広さは——狭さは、と言うべきか——王その人が間近にいるということで表現できるだろう。

しかし、そんなことにではなく、剣士は目をみはった。何となれば、

「ようこそ、お客人。私がミーランの王、イスファンディールだ」

と自己紹介した年若い王は、最前、塚の前で死者を悼むふうだった、あの陽炎のような美貌の人だったからだ。

驚愕《きょうがく》のわけは、あれは男だったか、ということと、そのうるわしい容貌だ。なるほど、アルマーイルがきれいな子だと口をきわめたのも無理はない。

つややかな黄金の髪は豊かに波打ち、肩先へ流れている。象牙《ぞうげ》の額に、瞳《ひとみ》はそのまま宝冠の飾りになりそうなエメラルド。表情には憂わしげな色が漂うが、造形の妙は、幸運の天使とはこんな貌《かお》をしているだろうかと思わせるほどだ。上質の白い亜麻布の衣装に包まれた肢体は、すんなりした糸杉の若木の

ように伸びやかで、腰は葦《あし》のように締まっている。なるほど、一見の価値がある。

思わずまじまじと見つめてしまって、王に訝《いぶか》られた。

「お客人？　書状を――」

「ああ、すまん」

つい平生の言葉遣いになったが、王はちらと口元に笑みをうかべただけで、特に咎めなかった。

イスファンディール王は、手紙を受け取るとその場で披《ひら》いた。つらつらと読み進め、何が書いてあったものか、指先をおとがいにあてて考えこむそぶりをした。

そうして不意にこちらを見たものだから、飽きもせず王の美貌を眺めていた剣士と視線が重なった。

「……まず、名を聞こうか、お客人」

シャイルは答えた。

「あんたの伯父さんは、シャイルとかシャイールと呼んでいたよ」

王はふいに、何かおかしみを誘われたような顔つきになる。

シャイルはそれを訝った。

だが、王の口元にうかんだ笑みは、すぐに消えてしまった。

「伯父が呼んでいたとは――そなたの名でなく、ということか？」

「あんたの伯父さんがおれを呼ぶためにつけてくれた名だよ」

「つまり、自分自身の名ではないということか？　何か障りがあるのだろうか」

「大ありでね」

「強いて尋ねたら、気分を害するだろうか？」

「ちょっと困るね」

「では、私もシャイルと呼ぶことにしようか」

「そいつは助かる」

シャイルは長椅子を許され、そこにゆったりと腰をおろした。王の前で、まったく怖《お》じたふうがない、堂々たる挙措だった。

王は向かいの長椅子に腰かける。

「シャイル、そなたの滞在を歓迎する……と言いたいところだが、あいにく我が国は現在、少々困った事態になっている。快適とは言えないかもしれぬが、それでかまわなければ、ゆっくりしていってくれ」

剣士はずばりと斬《き》りこんでみた。

「困った事態ってのは、水のことか?」

王は表情を変えなかった。

「伯父に聞いたか?」

「いいや、あんたは伯父さんにも言ってないそうだな? おれが知ってるのは、あんたの伯父さんが知ってる範囲、この国が大変な状態にあるってことだけだ」

「そうか……」

王はうなずいた。

シャイルは身を乗り出した。

「水は、いつから出なくなってるんだ?」

王は穏やかな微笑をうかべて答えた。

「出にくくなってはいるが、完全に涸れたわけではない。だが、そう……時間の問題と言う者もある。あらゆる手段で原因を調べさせているが、かんばしい報告はない。だが、お客人一人の用に供するほどはあるから、心配は無用だ」

「だが、相当困ってるはずだぜ?」

シャイルは相手の視線を捕えようとした。その心の奥底に秘めて語られないものを引き出そうとする。

それにしても、美しい瞳だった。瑕《きず》もくもりもない、極上のエメラルドだ。こんな宝石を持っている王侯が、この世界に何人いるというのか。

その物憂い双眸が、ふと彼を見た。シャイルはこそとのぞきこんだ。

王は、表情のない口元から、ゆっくりと語り出した。

「……もう半年になる。悪いことに疫病がはやっていて、多くの民が命を落とした。助かった者も、水が足りずに苦しむことになった。王宮にある十二の井戸も、今では水が汲《く》めるのはわずか三つだ。市内では、どれほどあるか」

シャイルは小さく鼻を鳴らした。予測はしていたものの、ことはさらに重大なようだ。

「王として、民を乾かすわけにはいかない。王宮の井戸からも水を出して配給しているし、国庫から金を出して隣国から水を買ってもいる。だが、それも一時しのぎにしかなるまい。はやく何とかしなければ」

そのときハヤブサが翼をはためかせた。

はっと、王は我に返ったように表情を動かした。どんなに大事なことを話していたか、意識がなかったという顔つきだ。少なくとも、今の話の内容が、そんじょそこらの人間においそれと告げられるようなものでないことは、シャイルにもわかる。

王はおとがいに指を当て、視線をさまよわせた。何を話したか、こちらに確かめかけては迷っているという風情だ。

その眼が、ふいに彼のハヤブサに向けられた。

「……いい鷹《たか》だな」

シャイルは苦笑した。確かに自分のハヤブサは、鷹狩りをする人々から、ぜひ譲ってくれと望まれるほどよいハヤブサなのだが、王からの賛辞は、どこかとってつけたようだ。

「お客人は、鷹匠か？」

「いや、鷹匠をなりわいにしてるわけじゃない。こいつは相棒さ」

「目隠しをしなくても平気なのか？」

「ああ」

「名は？」

「ファルーシュ」

王が翼を撫《な》でようと、無防備に手を伸ばしてきたので、シャイルはやんわりと遠ざけた。

「危ないぜ。つつかれる」

ハヤブサは小型でも猛禽だ。死角は頭の後方の一部分しかないと言われ、その視界にはいった動くもの、つまり獲物に、襲いかかる習性がある。だから飼い馴《な》らしたものは、狩りの現場以外ではたいてい目隠しをするか、足に紐《ひも》を結びつけて遠くへ飛ばせないようにするのだ。

そしてファルーシュには、目隠しも足紐もつけられていない。普通は誰でも、そんなハヤブサに手をふれようなどという不注意はしない。

イスファンディールは名残惜しそうに手を引いた。

「狩りなどの催しがあれば、ぜひ活躍してもらいたいものだが、あいにくこんな状態ではそれもままならない。まったく残念だ」

王は手をたたいて人を呼んだ。

現れたのは、中年の女官だ。顔色はよいとは言えないが、表情や動作はしゃきっとしている。

「お呼びでございましょうか？」

「こちらのかたを、客間へご案内せよ。…大事なお客人なので、くれぐれも失礼のないように」

すると女官は、シャイルをちらと見やり、王に向けてうやうやしくおじぎをした。

「かしこまりました」

退室する彼女に続きかけて、ふと足をとめ、剣士は王を顧みた。

「勝手に王宮内をうろつきまわってもかまわないかね？」

王は答えた。

「勝手にうろつきまわられると困る区域もあるが、そなたの分別に期待しよう」

「わかった」

剣士は女官に続いて退室した。

宮殿内の、広やかな迎賓用の一室に案内されると、女官――サーレと名乗った――は部屋の説明をしてから、いよいよ好奇心が抑えきれないという様子で、こう言った。

「ところで、お客さまは――」

「シャイルだ」

「シャイルさまは、陛下とはどういったお知り合いなのでございましょうか」

窓を大きく開け放って外を眺めていたシャイルは、振り返ってさらりと答えた。

「イールハーンにいる王さまの伯父上から、手紙を預かってきたんだ。その伯父上とは浅からぬつきあいだったが、こっちの王さまとは初対面だよ」

「あらまあ」

サーレは心底驚いた顔つきになる。

シャイルには、その驚きこそが意外だった。

「何かおかしいのか？」

「いいえ、てっきり古いお知り合いなのだとばかり思っておりましたので。陛下はあの通り真面目《まじめ》なおかたなので、伯父君の書状を運んできただけのかたを『大事なお客人』と呼んだり、王宮内をうろつき――いいえ、自由に動きまわることを許したりは、なさったことがございませんもの」

シャイルは目をみはった。その破格の待遇の保障は、さてはアルマーイルの手紙に、何かよけいなことでも吹きこまれていたのだろうか。

例えば――いつか何かの役に立つから手元に置いておけ、とか。シャイルは眉《まゆ》を寄せて、イールハーンの愛すべき変人の顔を思いうかべる。さもありなん。

だがまあ、今度ばかりは使われてやってもいいか。剣士は、苦難を背負ってなお膝《ひざ》を屈さない年若な王の容貌を、アルマーイルの隣に並べた。とても血続いているとは思えない、憂わしげな、臈《ろう》たけた美貌を。

ああいう貌は、嫌いではない。ただ美しいのではなく、気の強さ、芯《しん》の強さというのか、そういうものを秘めた貌だ。

たとえそのほっそりした身体《からだ》を押しつぶすほどの困難が襲いかかったとしても、そしてそれが自分の手にあまるとわかっていても、決して目をそらさず、逃げ出さず、足をしっかと踏まえて受けとめ、解決しようと全力を尽くす、そんな眼をしている。

この大自然の中で、人間はあまりにも無力なのに、負けまいと――ついに力尽きるその日までは負けまいと、自分自身に誓っている、そういう人間は好みだ。ついついかまってやりたくなる。

ただ、気になるのは、あのうるわしい微笑だ。風が吹けば、砂に描いた絵のように飛びすぎ、消え去ってしまいそうな、はかなげなほほえみ。

「わたくしがこんなことを申し上げるのもなんでございますが」

と、サーレは眉宇《びう》をくもらせて言った。

「どうか、陛下のお力になってさしあげてくださ いまし。我が国を襲った立て続けの不幸に、本当は、ご心身ともにくたくたに疲れておいでのはずなのです」

それはずいぶんと見こまれたものだ。長椅子に腰をおろし、女官を間近で見上げつつ、シャイルも訊《き》いてみた。

「王さまは、近ごろ誰か亡くしたか？」

女官の顔は、ますますくもった。

「……ええ、最愛のお妃《きさき》さまを。陛下がご即位される前から奥方でいらして、それはそれはお美しいかたでいらっしゃいました。まるで物語に出てくるような、お似合いのご夫妻でいらしたんですのに」

それはそれは、そのお妃の顔も拝めず、残念だった。剣士は内心で不謹慎な感想をもらす。

「美人薄命ってのは、本当なんだな。王さまにも気をつけてもらわにゃならん」

「不吉なことをおっしゃいますな」

「ああ、すまん」

シャイルは顎をさする。

「悪疫に渇水、王妃の死か……不運と不幸が目白押しだ。たまらんな」

サーレは、深々とためいきをついた。

「これだけですめばよろしいのですが」

シャイルは苦笑した。

「それこそ、不吉な物言いじゃないのかい」

中年の女官は、慌てて口をつぐむ。

しかし、女官の懸念ももっともだ。そして困ったことにシャイルの勘も、これだけではすまないと訴えているのだ。

「これですみゃいいがな」

剣士はどこか他人事のように、一方で女官はぬぐいきれない憂いをにじませて、うなずきあったのだった。

◇◆◇

イスファンディールが執務室にいるとき、侍従がマーザンダール王子の来訪を取り次いだ。

マーザンダールは、ミーラン王家の正統たるナウル家の嫡子だ。つい二年前までは王太子だった。先王が崩御したのち、わけあって王位につくことができなくなったが、イスファンディールに子がないため、王位継承権はいまだに一位である。

イスファンディールは立って迎えた。

入ってきた王子は、背の高い、痩《や》せた壮年の男だった。物静かで探究心が強く、王の座をイスファンディールに譲ってからは、もともと好きだった天文の研究に没頭している。

「陛下にはご機嫌うるわしく」

「あなたも、お変わりないようで何よりです」

「ええ、私などは気楽なものです。……陛下は少しお痩せになったのでは」

「そうですか？　気がつきませんでした」

王子は痛ましげに眉をひそめる。

「この国難に、何の役にも立たぬ我が身がなさけない……私で力になれることがあったら、いつでもおっしゃってください」

「ええ」

気遣いをありがたく思いながらも、イスファンディールは内心首をひねっていた。マーザンダールは、ただのご機嫌伺いにやって来たのだろうか？

すると、書庫をすみかとするかのような男は、はたと気付いたように手を打った。

「他《ほか》でもない、今日は用があって参ったのです」

「何でしょうか」

マーザンダールの、どちらかというとのんびりして見える顔が引き締まった。

「この三日、星を見ていたのですが、不吉な暗黒が、ナクシェの星を覆い隠そうとしています」

「ナクシェの……」

北の夜空に浮かぶその青白い星は、占星術ではこの国に擬されている。それが暗黒に覆われるとは、尋常ならざる事態だ。

「いつごろからでしょうか」

「天文官が気付いたのは、先月のことだそうです。観察を続けたところ、暗黒は西からじりじりと迫りきたって、じきナクシェの輝きを呑《の》みそうだと」

それはつまり、この国が輝きを失うということだ。輝きを失い、衰え——ついには、滅ぶのか。

「避ける手立ては、あるでしょうか」


思わずそう訊《たず》ねると、マーザンダールはきょとんとした。

イスファンディールは失言に気付いた。

「失礼しました。それこそが私の使命であるのに」

この国が凶運に見舞われること、それは予言されていたことだ。それを打ち払うために、このマーザンダール王子を差し置いて、傍流の自分が王位についたのだから。

王子は慰めるように言った。

「お疲れでもありましょうが、今しばらくふんばっていただかなくてはなりません」

イスファンディールはうなずいた。

「そう努めしましょう」

マーザンダール王子は辞去の挨拶《あいさつ》をして出ていった。

それを戸口まで見送り、ミーランの若き王、困難に耐え忍ぶべく用意された王は、机に戻った。

イスファンディールは、伯父からの手紙をもう一度読み返した。それには、彼の健康を気遣い、何かあったときには相談するようにという言葉とともに、こう記されていた。

――この書状を持参した者を、大事にするように。彼は『幸運』そのもので、こちらが気がつかなければ素通りしてしまうし、気付いたとしても、とどめておくのは難しい。それでも、もしとどめておけたら、おまえに幸いをもたらしてくれるだろう。

王は口元を笑ませた。ここ数日、城の内外を歩きまわっているらしい、あのハヤブサを連れた剣士が、幸運を運ぶ天使だとすれば、ずいぶん筋骨たくましい天使もあったものだ。第一、幸運というものはすごろくの賽《さい》と一緒で、誰にでもいい顔をするわけではないし、どんなに手を尽くしてもてなしても、去るときにはあっと言う間にいなくなってしまう、そういう類《たぐい》のものだ。頭から恃《たの》みにするわけにはいかない。

それにしても、伯父はずいぶんと彼を気に入ったらしい。道楽のようにいろいろな者を食客として抱えていたはずだが、その人物を推薦してくるようなことは、これまでなかった。それほど気に入ったということなのか、それとも――彼が本当に幸運を連れてくるとでも？　たとえば、ナクシェの前から不吉な暗黒を吹き払うような？

イスファンディールは苦笑した。そんなあてにならない話を、鵜呑《うの》みにするわけにはいかなかった。自分は王なのだ。この国に起きるすべてのことに対処し、責任をとる必要がある。なすべきことも果たさず、手をこまねいて幸運のみを待つなど、言語道断だ。王は文箱に手紙をしまった。

しかしながら、純粋に伯父の気遣いはありがたい。厳しい父と対照的に、気さくで冗談好きな伯父のことが、イスファンディールは好きだった。イールハーンにいる人のこと、そうひんぱんに会っていたわけではないが、伯父と話しているときはいつも、笑い声をあげていた気がする。最後に会ったのは五年前、父の葬儀のときだったろうか……。

物思いにひたると、こつんと、庭に面した透かし扉が音を立てた。顧みると、剣士がこちらをのぞきこんでいる。今日はハヤブサを連れていない。

王は扉をあけた。

「どうした？」

シャイルは、王宮で旅の汚れを落とし、真新しい衣服を与えられて、こざっぱりとした身なりになっていた。ずいぶんと男ぶりもあがったように見える。堂々とした体軀《たいく》は、一軍の指揮を任せても、十分務めを果たしてくれるだろう。

しかし、傍若無人なところはあらたまりはしないようで、気安い様子で手招きをした。

「日がな一日書類とにらめっこしてないで、たまには気晴らしをしろよ。庭を案内してくれ」

「では、誰か人を——」

鈴を鳴らそうとした王は、手をつかまれて振り向いた。

剣士は人の悪い笑みをうかべていた。

「おれは、あんたの客だ」

「そうだな」

「客をもてなすのは、あるじの務めだ。ちがうか？」

あまり堂々としているので、イスファンディールは腹を立てるよりも笑ってしまった。確かにそれは正論だった。ましてこの客は、伯父の食客でもあった剣士なのだ、幸運そのもの——かもしれない——

という。

「あまり長いことはつきあえないが」

「上等だ」

イスファンディールは、自身の息抜きをかねて、庭へおりた。

そうは言っても、庭は水不足による立ち枯れが目につき、見るべきものもさほどはない。瀟洒《しょうしゃ》な噴水も亭の水盤も、蓮《はす》の揺れる池も、ここ数ヶ月乾いたままなのだ。バラやジャスミンのしげみもすっかり干からびている。花の時季ともなれば、庭園中を甘やかな香りで満たしたものだったが。

それでも彼は、丁寧に、ひとつひとつの記念碑の由来などを説明した。こうして、彼を悩ますすべての事柄を頭から追い出し、何でもない時間をすごすのは、考えてみれば久しぶりだった。やっと呼吸のしかたを思い出したような——。


ふいに、剣士が言った。

「王さま」

呼びかけられ、イスファンディールは振り向いた。剣士は、彼の指差す石碑ではなく、彼の顔を見つめていた。

「ここへ来た日、あんたが墓地で誰かを悼むのを見た」

それを聞いて、王の胸に忘れかけていた痛みがよみがえる。

「ああ」

「お妃だったんだってな?」

「……ああ」

「謹んで、お悔やみ申し上げる」

剣士はかたちをあらため、哀悼の意を表した。その礼が目を疑うほど端正で、この剣士が実は、見た目ほど無頼でないことを知る。

「礼を言う。…妃はもともと身体が丈夫ではなかったので、十日患ったばかりで逝《い》ってしまった。時が時だったので、葬礼も簡素にしかしてやれなかった。なまじ私などにめあわされたために、かわいそうなことをしたと、今でも思っている」

するると剣士は慰めるように言った。

「王妃ともなれば、女の身に生まれて望みうる最高の地位だろう」

しかし、その慰めも、彼の心を真に慰めはしない。

「王妃になどならなければよかった。……私が、王になどならなければよかった」

「王さま？」

怪訝《けげん》な顔をする剣士の前で、イスファンディールは自嘲《じちょう》気味に口元を歪《ゆが》める。

「私は、もともと王になどなれる血筋ではなかったのだよ。ミーランでは、王家はナウル家ただひとつだ、私の生まれたスーダール家は、王家の流れを汲むとはいえ、傍系もよいところだった。ましてナウル家には立派な王子がいて、私などの出る幕はなかったのに」

「じゃあ、なんであんたにお鉢がまわってきたんだ？」

剣士の疑問はもっともだ。

「……先の王が亡くなったとき、国中の占星術師が奏上した。この国を大いなる凶運が襲う、と。それを打ち払えるのはただ一人、王家につらなる、月と太白星《たいはくせい》の合に生まれた者だ、と。それが、私だったというわけだ」

「ふうん。縁起のいい日に生まれたんだな」

「縁起のいいものか」

彼は眉をひそめた。近ごろでは、国をあげてのこの不運の始末を、体よく押しつけられたのかもしれないとさえ思うものを。

剣士はのほほんと言う。

「だって、あんたならこの難局を乗り切れると保証されたわけなんだろう。少なくとも、ナウル家のご立派な王子よりも、運命とやらから見こまれたってわけだ。縁起がいいと思うが？」

彼は盲点を衝《つ》かれた思いがした。その発想はなかった。

「……そう…だな」

イスファンディールは、ほっと肩の力が抜けるのを感じた。剣士の言葉は、気休めにしかすぎないとしても、彼の心にやわらかく染み入った。確かに、役立たずと罵《ののし》られるよりは、おまえにならできると頼みにされたほうが、張り合いがあった。

それと同時に、何かしら居心地が悪くなる。どうして自分は、つい数日前に会ったばかりのこの男に、こんな話をしているのだろうか……。

「どうも、そなたの前では口がすべりやすくなるようだ」

「しゃべってすっきりするなら、いくらでも相手になるぜ。身内には言えないことでも、赤の他人のおれなら気兼ねがないだろ」

王は苦笑した。

「そうだな」

いつの間にか二人は、庭の水亭に来ている。白大理石の瀟洒なつくりで、水盤の水は止まっているが、青を基調にした卓や床、壁面のモザイク画が涼味を誘う。

悠然とベンチに腰をおろしながら、剣士はイスファンディールを見つめた。

「疲れてるんじゃないのか。不眠不休で知恵を絞ってるって顔をしてるぜ」

彼はかすかにほほえんで見せた。

「王が知恵を絞らないでどうしようか。それが私の務めなのだから、怠るべきではないのだ」

剣士は肩をすくめた。

「恐れ入るね。あんた、本当にアルマーイルの甥か？」

「まちがいないが」

「てことは、アルマーイルとあんたの母上が腹違いか何かだったんだろう。そうに決まってる。そうにちがいない」

一人で決めつけてうなずいている男は、どうも伯父と自分を同じ血筋と認めたくないらしい。それほどこの男は、伯父と親しくつきあい、伯父の人となりを間近で見ていたのだろうか。自分といくつもちがわない年格好に見える、この剣士が？

伯父が、この年若な剣士の前で自分さえ知らない一面を見せたのだとすると、うらやましくもある。

「伯父とは、どんなことを話したのだ？」

「大したことじゃない、よもやま話さ。高尚な話題が出たことは、ただの一度もなかったな」

「伯父のもとには、どのくらいいた？」

「一年かな。まあ、おれみたいな風来坊を、よくも養ってくれたよ」

卑屈な様子はなく、さっぱりと笑う剣士に、イスファンディールは彼の真意を探るように打ち明けた。

「……伯父は、そなたを幸運の使いと思っていたようだ」

反応を確かめるように見守ると、シャイルは大仰に驚くそぶりをした。

「そいつは初耳だ。アルマーイルとゲームをしても、勝ちは半々だったぜ？」

「そんなつまらないものではなく、もっと大きな出来事のための幸運だったのではないか？　伯父はどうやらそう考えていたらしい」

「それで待遇がよかったわけか。ちくしょう、もっと居座ってやるんだったな」

あっけらかんとそんなことを言うのは、冗談なのだか、韜晦《とうかい》なのだか。

剣士は、ぽんと膝をたたいた。

「そうだ、ひとつ思い出した。あんた、おれがあんたの伯父さんからシャイルと呼ばれていたと言ったら、何だか吹き出しそうな顔をしたな？　ありゃ何だ？」

「あ…と」

王は口ごもった。頬《ほほ》が隠しきれない笑みにゆるんだ。

剣士は眉根を寄せる。

「やっぱり笑われてる。何だよ」

イスファンディールは困ったが、剣士は追及の手をゆるめるつもりはないようだった。

「正直に白状しろ。でないと帰さないぜ」

「帰す？　ここはもともと私の国だ」

「仕事に、てことだ。執務室に、帰してやらない」

「それは困ったな」

「だから吐けよ。名前がおかしかったのか？　シャイルって名が？」

はしばみ色の目に見据えられて、王は観念した。

「……シャイルというのは、伯父がつけた名だと言ったろう？」

「ああ」

「伯父は昔、犬をかわいがって飼っていたことがあって――」

それで剣士も察したようだ。顔つきがみるみる険しくなった。

「……おい、まさかそれが」

「シャイルという名だったのだよ」

「あっんの野郎……！」

ここにはいない命名者に、剣士は牙をむいて激昂《げっこう》した。

「ふざけんな、おれは犬か！　そりゃてめえに養われはしたが、だからって喜んで尻尾《しっぽ》を振ってたとでも!?」

その剣幕に、イスファンディールは驚き慌てて彼をなだめた。

「怒るな、剣士。伯父はそれはかわいがっていたのだ。優秀な猟犬で、伯父に忠実だった。……いや、その……」

どう慰めても、それは犬と同じ水準のほめ言葉にしかならない。王はついに口をつぐんだ。

それでも、剣士があまり子供っぽい様子でわめき散らしているので、おかしみを誘われる。

「笑うなファルーシュ、おまえまで！」

剣士は、いつの間にか亭内に舞いこんでいたハヤブサにまで八つ当たりしているのだ。

「伯父の無礼は私が詫《わ》びよう。赦《ゆる》してくれ」

礼儀を尽くして頭を下げると、剣士は憮然《ぶぜん》とした。

「あんたが謝ることじゃないが」

「ただひとつ言えるのは、伯父はシャイルをとても愛していたのだよ。死んだときには、あれほど陽気な人が、ずいぶん肩を落としていた」

「まあいいけどよ」

まだおもしろくなさそうに口を曲げていたが、機嫌は落ち着いたようだ。王はほっとした。

すると、剣士は思いがけないことを言う。

「やっと笑ったな」

「……え？」

「あんただよ。ようやっと肩の力が抜けたみたいだ」

「そう…かな」

イスファンディールは無意識に頬に手をやった。

確かに、笑いがこみあげてくるような状況に身を置くのは久しぶりだった。八方ふさがりの中で、笑い方さえ忘れていたのだろうか。

「…ま、笑いものにされたくらい、勘弁してやろうか」

「それはありがたい」

会釈すると、剣士がおとがいをつまんできた。はしばみ色の鋭い双眸にのぞきこまれて、ミーランの王は視線をそらせた。

「……無礼だろう」

「そいつは失敬」

剣士はすぐに手を離す。

イスファンディールは落ち着かない気分を持て余した。少しのぞきこまれたくらいで、どうしてこんなに動揺するのか。あのはしばみ色の眼が、どんな作用をもたらすというのか。そのまなざしの前に、自分というものを隠す、あるいは鎧《よろ》う何物をも、剝《は》ぎとられる思いがするのは、一体どういうわけか。この大いなる世界を押し包む宇宙、その深淵《しんえん》をかいまみたような心地さえする。

幸運の使い？　そんなばかな——。

我知らず、それにすがりそうになっている弱い心を叱咤《しった》したとき。

「もしおれが、その幸運の使いとやらだとして——」と、剣士が彼の心を見澄ましたように口をひらいた。

「あんたはどうしてほしい？」

イスファンディールは、今度はそらさずに男の眼を見返した。シャイールの双眸は、静かながら深い底無し沼のようだった。引きこまれまいと、足を踏まえる。

「…どうも、してほしくはない」

警戒を読み取ったか、剣士の目元がいくらかやわらぐ。

「本当か？　水がほしいんだろ？」

「だからといって、そなたに頼めと？　水を出せ、と？　それが無茶《むちゃ》な言い分なのは、百も承知だ。たった数日の食事と寝所の代に、そんな法外な請求はしないよ」

するとと彼は、大きな手で短い砂色の髪をかきまわし、やれやれと言いたげなためいきをついた。

「ほんっとに強情な王さまだな。わかった」

「何、が——」

自己完結してしまった相手に、とまどいを隠しきれずにいると、シャイルは、やや強い語調で言い放った。

「いいか、王さま。おれに頼め。おれには水を出すことができるんだ」

イスファンディールは、今度こそ失笑した。それはあまりに荒唐無稽《こうとうむけい》な訴えだった。

「この国の現状を憂えてくれるのはありがたい。だが、私には信じることができない」

丁重に辞退すると、色をなすかと思ったのに、剣士はおおらかな笑顔を見せた。

そんな場合ではないというのに、イスファンディールは、一瞬見入った。

「どうやって信じさせてやろうかな」

剣士は独り言のように呟くと、こちらを見てにやりとした。

「こうするか」

ばさりと、翼のはためきが間近で聞こえた。さっと亭に舞いこんできたのは、ハヤブサだ。空を切り裂く鋭さで眼前をよぎるので、とっさに手をあげて目をかばっていた。

と、強い力に腰を引きつけられた。足が浮いたと思ったときには、明るい陽の光のもとに飛び出していた。

イスファンディールは何が起きたのかわからなかった。腰に巻きつく熱く力強い感触は男の腕で、目の前にあるのは男の喉で、つまりそのふところに抱き寄せられているのだと知ったが、どうしてそんなことになったのかはわからない。

そして、信じられないことに、世界が目の下にあった。イスファンディールは息を呑んだ。——水亭の屋根も、干からびかけたバラのしげみも、足のはるか下のほうにある。

「そんな——ばかな」

イスファンディールは思わず呻《うめ》いた。視線に並ぶものが何もないのだ、剣士の他には。

どういうことか、夢を見ているのかとシャイールの顔を見上げると、男らしい顔がいたずらっぽい笑みをうかべていた。

「剣士——」

この男のしわざだ、このふしぎは、この男がもたらしたのだ。どうやって、跳びあがっただけではあるまい、いったいどんな業をもって、と考えたとき、ふいに陽がさえぎられた。ばさりと翼のはためき。剣士のハヤブサかとひらめいたのと、その音のほうに顔を振り向けたのが同時だった。

何か大きなものが光をさえぎっているのが、逆光でさだかでないながら判じられた次の瞬間、太陽に目を射られた。視界が灼《や》かれた。

「——！」

反射的に手をかざし、目をきつくつぶっていた。

まぶたの裏に、色とりどりの星がめぐる。

「王さま」

気遣わしげな、それでいてあきれたような声に呼ばれた。

「大丈夫か」

「あ……ああ」

まぶたをさらに強く閉じ、くらみをやりすごす。

ふいに、そこにふれるやわらかい感触があった。

驚いて目をあけると、間近にあったのは、当然のことながら——他のものでありようがないのだが——剣士の顔だった。

「剣士」

「ああ」

「剣士——」

もろもろ問い質《ただ》さねばならないのに、ばかのように、そう呼びかけることしかできない。

剣士は愉快そうな笑みでのぞきこんでくる。

「なんだ」

イスファンディールは口をつぐんだ。何を言おうとしていたのか、何を問おうとしていたのか、わけがわからなくなってしまった。

それを察したのか、剣士は遠くを指差した。

「見ろよ、王さま。世界はあんたの足元にあって、こんなにも美しい」

イスファンディールも男の指し示すほうに視線をやった。いまや王宮の丸屋根も城下の町並みもはるか下にあり、城壁の外に広がるまばらな緑——大麦の畑と水脈にそって生える糸杉だ——が認められた。王妃の眠る、城の西に設けられた死者たちの町も。

見たままを言えば、世界は死に満ちていた。この乾ききった広大な砂漠で、人々は水がなければ生きてゆけず、わずかな水場にしがみつき、そこが涸れれば、放棄せざるをえない。都市は涸れにくい水脈の上に乗っているが、それだとて永劫《えいごう》続くわけではないのだろう。……そう、現在ミーランが直面しているのは、まさにその危機ではないか。

それでも──否、だからこそ、世界は美しかった。それは言い換えれば、その過酷な世界でも生きようとする命のきらめきなのかもしれない。イスファンディールは、静かな感動に身をまかせ、つかの間、憂いを忘れた。

「剣士」

「なんだ」

「……そろそろ、おろしてくれぬか」

だが、いつまでもこうしているわけにはいかない。一度頭をからっぽにしたら、次はそれを働かせなくては。

腰にまわされた腕に力がこめられた。剣士がのぞきこんでくる。

「信じたか？」

「……おまえが──人知の及ばぬものを持っているらしいことはわかった」

その答えは、この男を満足させたようだ。

ふわりと、風が巻いた。それはイスファンディールの髪を舞い上げ、かろやかになぶった。

気がつけば、水亭に戻ってきていた。足裏に地のしっかりとした感触を覚えると、やはり夢でも見ていたのかと思う。

幸運の使い？　まさか、そんな。

口の中で否定したとき、脳裏によみがえったのは、伯父からの手紙だ。この剣士は『幸運』そのもので、こちらが気がつかなければ素通りしてしまうし、気付いたとしても、とどめておくのは難しい。それでも、もしとどめておけたら、おまえに幸いをもたらしてくれるだろう——そう言った。

もしとどめておけたら、と、剣士を一年養ったという伯父は、それが難しいことだとわかって言ったのか。伯父はどうやってとどめておくことができたのだろう。伯父に幸運は訪れたのか。

第一、本当に幸運の使いだとして、神ならざるこの身が従えることなどできるのだろうか。従える、ともくろむことさえ傲慢《ごうまん》なものを。

ふと、陽がかげっていることに気付き、奇妙な感覚にとらわれた。今はハルワール祭の月、雨期であるティシュトリヤ祭の月は、まだ三月も先のことだ。雲が出るわけがない。

また先のように太陽に目を射られないよう、注意深く手をかざしながら空を振り仰ぐと、陽をさえぎっていたのは、雲ではなかった。何か大きな生き物だ。両翼と長い尾を備えているように見える——が。

鳥ではない、鳥にしては大きすぎる。それに、鳥の羽毛は、こんなにも陽光を反射しはしない。

だが、そう見えたのは一瞬のこと、もっとよく見ようと目をこらしたときには、すでにその姿はなく、空を横切って飛ぶのは、一羽のハヤブサだけだ。

イスファンディールは口をひらいた。

「剣士」

「なんだい」

「今のは、なんだ」

「今の？」

「見なかったのか、何か大きな——生き物が……」

剣士はかすかに笑んで、イスファンディールの手をとり、ベンチに座らせた。

そうして自身は亭の入り口に立ち、景色を眺めながら口をひらいたことには。

「竜って知ってるか？」

イスファンディールはとまどった。

「天界の生き物だろう。世界がまだ卵だったとき、それを孵《かえ》したという」

それは霊的な存在で、力の象徴だ。

「どんな姿だ？」

「巨大な胴と長い首、裂けた口と輝くまなこ、鉤爪《かぎづめ》を備えた四肢と太く長い尾と、皮膜のような翼を持っている」

「見たことは？」

「あるとも」

「どこで」

「どこで？　どこでも、王宮にも、レリーフがあちこちにあるではないか」

「てことは、生きた姿を見たことはないんだな？」

「当たり前だ」

「じゃあ、どうしてそのレリーフを彫った連中は、竜の姿を知ってるんだろうな？」

「それは——」

イスファンディールは、答えかけて、口をとざした。なぜか、と、その理由をはっきりとは答えられないことに気付いたのだ。

「竜はどこに住んでると思う？」

「天界だ」

そしてそこは、生きた人間の手の届かぬ場所だ。

剣士は、まるで教え子にひとつひとつ説明する教師のように言った。

「ごくたまに、天界の裂け目から落っこちてくる竜がいるんだそうだ。きっと最初に竜の姿を彫ったやつは、そいつを見たんだな」

「落っこちてくる……？」

イスファンディールは眉を寄せた。

剣士はひょいと肩をすくめる。

「おれの生まれたところでは、そう言ってたよ。そういうはぐれ竜を従えたやつも、むかしむかしはいたらしいな」

「竜憑《つ》き……」

「ああ、知ってるのか」

「よくは、知らないが」

竜憑きと称される、そういうものは聞いたことがあった。人の身でありながら、竜の力の片鱗《へんりん》を手に入れた者たちだ。天界と交信する能力がある、いわば天界に手が届く人間のことだと思っていたが、竜のほうが人界におりてきていたのか。

彼は、それきり黙りこんだ剣士をうながした。

「…それで――」

「うん？」

「……おまえは、竜憑きなのか？」

男はにやりとした。

「そう思うのか？」

「違うのか？」

だとしたら、先ほど彼を抱えて空に上がったのは、違う能力だということになる。そうなると、それが何なのかは、もう彼にはわからない。竜憑きだということにしておいたほうが得心できるような、それはそれでにわかに信じがたいような。

イスファンディールの胸に、釈然としない思いがくすぶった。

「そんなことより」

と剣士は、彼の前にまわった。

「それであんたがおれに望みを打ち明けられるってんなら、竜憑きでもなんでもいい。……王さまのお望みは？」

片膝をつき、見上げてくるその様子は、主人の指示を待ち受ける猟犬のようだった。剣士を死んだ愛犬の名で呼んだという伯父は、この男のこんな姿を見知っていたのか。

「……そなたに頼む理由がない」

「理由が必要なのか？」

シャイルは意外そうに眉を上げる。

「そなたは私の民でもないのに――」

王は、神に対しては人々の代表、人々に対しては神の代理人だ。人はその庇護《ひご》を受けるかわりに、忠誠と奉仕を誓う。

「ああ、まああそりゃそうだけどな」

シャイルは困ったように砂色の髪をかく。

「どうしてそこまでしてくれようと言うのだ。伯父に頼まれたからか？」

剣士は目をみはり、ついでばつが悪そうに苦笑した。

「アルマーイルのことなんて、今の今まで忘れてたよ。好きなやつの力になりたいって思ったんだ。単なるお節介と、下心さ」

「下心……」

「おい、そこだけ聞くな、そりゃ言葉のあやだ」

男はさっぱりと笑った。

「どうして――」

イスファンディールは、とまどいのままに疑念を口にしていた。好きなやつ、とは、何をもってそんなことを言うのか、この放浪の剣士が、自分に。

剣士は真顔で向き直る。

「王宮をうろついてると、あんたの話はいやでも耳に入る。お妃の喪もあけぬうちに政務に忙殺されてお気の毒、だとか、本当に星のめぐりによって選ばれた王にこの難局を乗り切れるのか、とか、いやいや傍流からぽっと出てきたにしてはよくやっている、とか、まあいろいろだ」

ふたつめを聞いたとき、やはり、と覚悟はしていたものの、やはり気分が沈みかけるのはこらえられない。

「おれはそういう声を聞いて、あんたは孤独だろうなと感じたんだ。お妃がいれば慰めにもなったろうが、亡くなった。手足のように動くべき大臣たちはなんとなく他人のようだし、親身になって仕える女官長はいても、甘えられるわけじゃない。……寂しいんだろうなと思った」

「剣士……」

男はひょいと肩をすくめる。

「おれも寂しがり屋って点では人後に落ちないたちでね、同類は気になるんだ」

「寂しがり屋？」

イスファンディールは目をみはった。そちらのほうが意外だ。女官長が話すことには、この男は気さくで陽気で、旅が長いせいでいろいろな国のことを見聞きして知っているから話題も豊富で、笑わせたりふざけたり、口も悪いが、いやみがないので憎めない、そういう評判ではなかったか。

「寂しがり屋だから、人とは楽しくやりたいんだ」

「……そうか」

「ま、そういうわけだから、おれがあんたのために何かするのは、惚《ほ》れた弱みだ。だからあんたが負い目に感じることはないんだぜ」

男は笑うと、再び卓に両手をついて、瞳の奥をのぞきこんでくる。

「おれに、名前をつけてくれ。あんただけが呼ぶ名前だ」

彼は驚いた。

「そなたの名は、どうした？」

「おれにはもともと名前はないんだ。そのときそのとき間近にいる人間に、つけてもらってる。シャイルというのは、あんたの伯父さんがつけてくれた。今度はあんたの番だ」

イスファンディールは眉をひそめた。

「親御は、そなたに名をつけずに亡くなったのか」

剣士は肩をすくめる。

「……ま、そんなもんだ」

王は、この大ざっぱそうな性質の男が、さすがに表情を陰らせるのを黙って見つめ、口の中で死者を悼む祈りの辞を呟いた。寂しがり屋だというのは、そのためなのかもしれない。

「だが、本当によいのか、そんなふうに我が名を人ごとにつけさせたりして」

遠慮というわけではないのだが、すぐに返答できないでいると、剣士のほうが業を煮やした。

「いいんだっつってんだろ、融通のきかない王さまだな。アルマーイルは嬉々《きき》としてつけたぜ？」

「伯父と私では性格がちがう。そもそも、くらべられたことがない」

「ごちゃごちゃぬかすな。あんたが呼びたいように呼んでいいんだ。さっさとつけろ」

なんだか駄々をこねる子供を相手にしているようだ。王は微苦笑して、ふと思いついた名を口にしていた。

「フェリダン」

すると剣士は、悠然たる笑みを口元に刻んだ。

ふしぎなことに、王はかすかな痛みを感じた。胸の奥だ。まっすぐに針でも突き入れられたような。

フェリダンという新たな名をつけられた剣士は、目を細めた。

「……その名の礼だ」

すいと顔が近付いてきて、避ける間もなく、唇を重ねられた。

そのくちづけを、イスファンディールは眼を見ひらいたまま受けた。それなのに、かすむ視界にうつるものは剣士の顔ではなく、見たこともない、はるかかなたに広がる紺碧《こんぺき》の水の連なりだ。うねりながら打ち寄せる波がきらと陽光を反射して、そのまばゆさに思わず目をつぶる。

ふしぎなくちづけだった。渇いた喉に流しこまれる清涼な水のような、ひびわれた心を埋めるような。性的なにおいのない、まるで親が子供を慈しむようなな――。

ゆっくりと唇が離れ、そっとまぶたをあけると、まだ間近に剣士の顔があった。

「おれに命令を、美しい王。あんたのフェリダンが、何でもしよう」

その言い回しはどこかの慣例でもあるのだろうか――『あんたのフェリダン』、つまり、この男が自分のものということだ！――こんな言い方は、ミーランやトゥーラン、イールハーンでも、普通はしないものだが。まるで互いに変わらぬ想《おも》いを捧げあう恋人たちのような――。

そんなことを考えて、頬が熱くなった。そのことにも思いがけない動揺を覚えると、はしばみ色の双眸が、自分を見つめていた。

この双眸は、あるじの指示を待ち受ける、忠実な猟犬そのままだ。王は口元をかすかに歪めた。

「退がってよろしい。……退がれ」

剣士の望む命令をひとつ与えると、剣士は目をみはった。そんなささいなことが命令かと嚙《か》みつかんばかりだ。

しかし、剣士は文句をつけることはできなかった。

王を探す侍従の声がしたのだ。やがて声は、水亭までやって来た。

剣士は忌々しげに舌打ちすると、命令に従い、がさつそうな言動に似合わぬ端正な礼をとって退がった。

王が亭に侍従を招き寄せると、侍従は、宰相が執務室で待っていることを告げた。

「わかった」

王はすぐに執務室に戻った。

透かし扉を開けると、現実が待っていた。神経質そうに眉根を寄せた大臣の一人だ。

「ご散策中でいらっしゃいましたか」

「少し外の空気を吸っていた。何か」

「は、実は——」

そこで大臣の口から語られることに、イスファンディールも頭を切り替えた。


望むと望まざるとに関《かか》わらず、これが現実だった。


ミーランの王は、それから二日をまた不眠不休の政務のうちにすごした。重荷はふたたびその重さを彼に思い知らせ、それから逃れるすべは、もはやないように思われた。

机に向かって書き物をしていると、入室の許可を求めた声があった。王が許すと、現れたのは財務官だ。

「失礼いたします」

せかせかと礼をとり、手にした書類を執務机の上に差し出した。

「ああ、ご苦労だった」

イスファンディールはそれらを読んだ。読み進めるに従って、美しい顔に憂いの色が広がる。

「困った事態だな」

財務官もうなずいた。

「まことに申し上げにくいことながら」

それは、二種類の報告だった。

ひとつは国庫の金と銀の在り高だ。近隣の都市から水を買うのに、国庫の支出がだいぶんかさんでいる。そのため、今現在の在り高を、一度把握しておこうとしたのだった。

もうひとつは、その在り高から割り出した、この先どれくらいの期間、どれほどの水を買い続けられるかという試算だ。

王は読み直して吐息した。どちらも、楽観できない数値だった。

「陛下……」

この事態を正確に理解している財務官も、不安の色濃い表情をしている。

「ご苦労だった」

と王はもう一度ねぎらって、彼を退がらせた。

扉の閉まる音を聞いて、押しつめていた息を吐く。それは、彼自身はためいきと認めまいとしたが、十分なためいきだった。

国中の水は、あとどれだけもつだろうか。国中の金銀は、あとどれだけもつだろうか。

水の涸れる原因は何だ。水脈は復活しないのか。この土地を棄《す》てなくてはならないのか――だとしたら、新たな土地をどこに求めればいいのか。

学者、占星術師、大臣たちの口からも、明確な回答は得られない。このまま水が出なければ、やむをえないこととは頭で理解していても、おいそれと父祖の地を棄てられるものではない。ましてこの国の人々は、独立自主の気風が強いのだ。どこの国に身を寄せるとしても、いい顔はすまい。

なぜなら、ミーランは歴史のある国だからだ。近隣では、東のトゥーランに比肩するほど古い。というのも、もともとここはトゥーランから派遣された太守の治める土地、つまりトゥーランの領土の一部だったのだ。

それがトゥーラン王と太守との争いや、あるいはトゥーラン国内の乱を経て、ついに独立した。ミーランとして新たな歴史が始まってから、かれこれ二百年になる。

ミーラン王の中で最も偉大な王と謳《うた》われるファルバルド、それがかつてトゥーランからやって来た最後の太守であり、初代のミーラン王だ。

イスファンディールは、彼の事績を思いうかべた。強大なトゥーランから独立をもぎとるのは、並大抵の事業ではなかったろう。長い戦いがあったと、史書は伝えている。しかし彼はやり遂げたのだ。

その血は自分にも、多少なりとも流れているはずだった。傍系も末流の自分であっても。

だからこそ父は厳格に育ててくれたのだろう。末流とはいえ、それは身を慎まないことの言い訳になるわけではない、と。

まして、はからずも王の座に就いた以上は、国と民に対して責任がある。逃げるわけにはいかない。精一杯、できるだけの手を打たねば。

だが、大臣たちと対策を検討し、原因を追求している間にも、ひたひたと押し寄せる水のように――それが本物ならこれほど嬉《うれ》しいことはないのだが――不安が足元を洗うのだ。これからどうなるのだろうという、誰にも答えることのできない不安が。

それはおそらく、大臣たち、役人たち、そして民人にとっても同じことだろう。その不安が最大限にまで育ち、かつ誰にも解決策が見いだせなくなったとき、彼らが最後にすがるようなまなざしを向けるもの、それが王だ。自分がしっかりしなくては、人人の不安を煽《あお》る結果になる。

イスファンディールは技術官を呼んだ。数日前から、新しい井戸を掘らせている。その進捗《しんちょく》状況が聞きたかった。

技術官も、晴れない顔つきをしていた。

「はかばかしくございません。確かに地下を流れる水脈上に乗ったと思しき地点を掘り進めているのですが、まだ水は出ておりません」

ミーランに水をもたらす水脈は、トゥーランの東を流れるレーマーン大河の支流のひとつだと言われている。かなり上流の位置で枝分かれし、ミーランへは、地上に現れ、地下にもぐり、見え隠れしながら流れてくると。つまりその大河から、トゥーランは直接に恩恵をこうむり、ミーランは隠れた恩恵をこうむる、というわけだ。

「出そうか?」

「……お答えできません。計測上は、もう出てよいはずなのです、それが、まだ出ないので」

「そうか……」

王は息をついた。

「いかがいたしましょう、もう少し掘り進めてみますか。それとも――あきらめて……」

その可否の判断にも困るような技術官が、彼の様子を窺ってくる。

イスファンディールは、思うように進まない物事に焦燥しながらも、それを押し殺した。

「もう少し、進めてみてくれ。ご苦労だが、頼む」

「陛下…もったいない仰せでございます」

技術官は十分に敬意のこもった礼をとって、退出した。

憂いに沈んでいる間もなく、侍従長がやって来る。

「陛下……お疲れでいらっしゃいますか」

イスファンディールは微笑をうかべてみせた。

「いや、考えごとをしていたのだ。何か」

「は……トゥーラン王からのお使者が参られました」

侍従長の告げたことに、王は顔を上げた。

「そうか、では行こう」

かつてミーラン太守が忠誠を捧げ、また相争って独立を勝ち取った国、トゥーランとは、今では兄弟のような友好を保っていた。

かの国の王も、まだ若い。名はザッハートといい、イスファンディールより三、四歳年長か。彼が即位するにあたって、親しく使者をよこして、『敬愛する従弟《いとこ》どの』で始まる手紙と祝いの品々を贈ってくれた。

『従弟』という呼びかたは、ミーラン王家であるナウル家と、トゥーラン王家であるシャフルール家とは、何代にもわたって婚姻関係を結んでいるため、直接の血のつながりはなくとも兄弟に等しいものとして、トゥーラン王がイスファンディールを引き立ててくれたのだった。

実のところ、ザッハートはシャフルール家の直系、イスファンディールはナウル家の傍系のスーダール家、たとえ遠い血のつながりがあったにしても、相当薄くなっていようというものだったが。

それでも、国内においてさえ、王家をさしおいて傍系の己れが王位を継いだことに関して、一時期は暗い噂が絶えなかったものを、親しみをこめて『我が従弟どの』と呼んでくれるトゥーラン王の気持ちは、とてもありがたかった。正直なところ、ザッハートには人となりにちょっとくせがあって、それはイスファンディールの苦手とするところだったが、その感謝の気持ちは忘れていないし、今でも続いている。

謁見の間で、イスファンディールはトゥーラン王からの使者と会った。

使者は三十がらみの男だった。トゥーランの礼式にのっとった正装をまとっており、彼にうやうやしい礼をとる。

「陽炎燃えるミーランの王、イスファンディール陛下には、ご機嫌うるわしく拝せられ、恐悦至極に存じます」

「遠路、ご苦労だった」

挨拶の応酬があって、親書が差し出される。イスファンディールはそれを受け取り、あらためて使者をねぎらった。

「別室をもうけよう。ゆるりと疲れをとるように」

「ありがたき幸せに存じます」

使者が退出すると、ミーラン王は執務室に戻って、トゥーラン王からの親書を披いた。それには、これから先もまだ水が入り用なら、可能な限り用立てよう、トゥーランはミーランの苦難に対して、援助を惜しむものではない、と記されてあった。

「……ありがたいことだ」

イスファンディールは呟いた。

ここ数ヶ月、ずっとトゥーランから水を買い入れている。レーマーン大河は、地表を流れている部分は水量に異常はないらしく、トゥーラン王はミーランの災難の足元を見ることなく、相場の半値で融通してくれている。相場通りの額を要求されていたら、今ごろミーランは国をあげて干からびているだろう。

ただ、気になるのは、文面の最後だ。それでも方策に困窮した場合は、こちらで、従弟どのごとミーランを預かろうから、おいでありたい、とある。

イスファンディールは、かたちのよいおとがいに指先をあてた。つまり、王としての手腕を疑われたということだろうか？

イールハーンの伯父といい、トゥーラン王といい、自分はよほど頼りなく見えるのだろうか。彼は、いささかばかり自信を喪失しかけた。

確かに、現在ミーランを襲う災難は、建国以来の難事だ。だからといって、王に何ができるかと言えば、最善を尽くすこと、ただそれのみだ。民を、国を損なわないために、最良と思われる方法を模索するほかはない。

自分ごとこの国を他国に預けてしまう？

冗談ではない。言語道断の仕儀だ。トゥーラン王がいかに善意で申し出てくれているにしても、たとえかつてトゥーランがミーランの宗主国だったにしても、受諾するわけにはいかない。自分には、この国を導く責任がある。もしこの国の命運を他国にゆだねるようなときには、自分はむろん王座を降りるし、ことによると、この世の者ではなくなっているだろう。

いっそそのほうが楽かと、そんなことを考えるときもある。だがその都度、毅然《きぜん》として悪魔のささやきをしりぞけた。自分が楽になることばかりを思ってはいけないのだ、いやしくもこのミーランを統べる、自分は王なのだから。

そのときだ。慌しく駆けこんでくる足音があった。

「陛下……！」

宰相のノウルーズだった。ただならぬ様相をしている。

この宰相は、先の王に大臣たちの一人として仕えていたのを、こまやかで堅実な性格を認めて宰相に任じたものだった。国の運営には大いに手腕をふるっているが、反面、やせぎすの体軀と同様にいささか線が細いようで、わずかなことに動揺しがちなのが玉に瑕だ。

しかし、今その宰相の顔を青ざめさせている事態は、決して瑣末《さまつ》事と切り捨てられる類のものではないのだろう。

「どうした？」

イスファンディールはかすかな不安を覚えた。

宰相はふるえる唇を嚙みしめ、まるでその言葉そのものが毒ででもあって、舌に乗せるたびに彼の生命を脅かしでもするように、苦渋に満ちた様子で報告した。

「東の、大井戸の水が——涸れました…！」

イスファンディールは衝撃を受けた。王宮内の東の大井戸は、最も水量が豊かだった井戸だ。ここだけは最後まで持ちこたえてくれるものと予測し、あるいは願ってもいたが、その水もついに失われたとは。

「ほかの二本は、まだ無事か？　北と西の井戸は——」

そこが干上がっては、王宮はおろか国中が干上がる。

宰相はかすれた声で答える。

「かろうじて。ですが、いつなんどき止まってしまうか……」

「止まるまでに手を打たねばならん。大井戸は、地下水脈を上流にたどれたな、技術官を派遣して調査するように。それから、財務官を呼べ。国庫の金銀をすべて水に充てよと」

「陛下…もう手遅れかと」

弱気になる宰相を、王は叱咤した。

「あきらめるな。たとえわずかでも水が出て、国庫にもいくばくかの金が残っているなら、あきらめるべきではない」

トゥーランから水を安く売ると言ってきてくれたのはありがたかった。すぐにも輸送隊を編成しなくては。

にわかに慌ただしくなった執務室で、ただちに大臣たちが召集され、対応策が検討された。数名の技術官が東の井戸に潜る準備を整え、残り少なくなった国庫から金を払い出し、東へ向ける輸送隊を国軍の中から選ぶ。

人々が己れの職務のために散ってゆくと、王はトゥーラン王にあてた手紙を書いた。このたびの好意に感謝する旨を礼をつくして述べ、少し考えて、自分ごとミーランを預かるという申し出に対して返答するべきかどうか悩んだ。

だが、どんな返答も出せそうになかった。お願いする、とすれば国を売ったような後ろめたさが残ろうし、お断わりする、と言えばいざ立ちゆかなくなったときの援助が期待できなくなる。

狡猾《こうかつ》なやり口だろうか？　だが、どれほど考えても答えなど出ない。どう答えようと、必ず後悔する。そんな気がする。

結局、その件については保留して、イスファンディールは手紙に厳重な封を施した。

今回買う水で、国中の人々が一月近くはもちこたえられるだろうという試算が出た。

疫病で人口が激減していたのが不幸中の幸いだった、と考えて、イスファンディールは激しい自己嫌悪に駆られた。何と悪魔じみた感想を抱いたものか。それは言い換えればつまり、愛する妃が死んでくれたおかげで、彼女が飲むべき水を自分が独占して飲めると考えたのと、同じことだ。

飢餓はここまで人の理性をむしばむと知って、身震いした。民人はさらに苦しんでいるだろう、何とかしなくては——だが何をすればいい？

両手に顔をうずめ、深い息をついた。男子たるもの、行く手の困難さに、軽々にためいきなどついてはいかぬと父に教育されていたが、どうしてもこらえきれなかった。

そのときだ、コツコツと、壁をたたく音が——しかも、部屋の内でしたのは。

飛び上がりそうなほど驚き、顔を上げた。

そこには、今日も羽並のつやつやしいハヤブサを肩にとまらせた剣士が、自分の反応にこそ驚いたような顔つきで立っていた。

「ああ、すまん。一応何度か戸はたたいたんだが、返事がなかったんで」

「いや——私のほうこそすまなかった、考えごとをしていた」

イスファンディールは、この風変わりな客から視線をそらしてしまった。見透かされまいかと不安になる——己れのあさましい考えを。

そんな動揺を知ってか知らずか、剣士はいたってのどかに訊いてきた。

「さて、王さまには、そろそろおれに命令したいころじゃないかね？」

王は眉をひそめた。

「……そなたに何を命令できると？」

「そりゃいろいろあるだろう」

「私の臣でもないそなたに？」

剣士はぽんと手をたたいた。

「ああ、それがひっかかってんのか。だったら、『頼みごと』でもいいぜ。『お願い』とか」

イスファンディールは苦笑した。

「何もない」

剣士は大仰に驚いた。

「そんなわけはないだろう、ほしいものは山ほどあるはずだぜ？」

「そなたに頼めるようなものは、何もないよ」

「ははあ…わかった。おれなんぞ頼むに足らんと考えてるんだな？」

「そういうわけでは――」

「どうしたら信じられる？　涸れた大井戸に水を戻そうか？」

王はぎょっとした。

「どうしてそれを……」

東の大井戸のことは、城内に混乱を広げまいとの配慮から、皆に堅く口止めしてある。知る者はごくわずか、ましてこの風来坊に知らせるはずはない。

剣士はこともなげに答えた。

「おれは地獄耳でね」

「……？」

地獄耳、本当にそんなことがあるのだろうか。もしかすると、忠誠を捧げるようなことを言っておきながら、その実、この国の内情をかぎまわっているのではないか。どこかちがう国から派遣された……例えば間諜《かんちょう》として……。

「ちがう」

内心の疑念を読みとったように言下に否定され、ぎくりとする。

「おれは地獄耳で、千里眼だ。この国をさぐろうとするなら、もっとうまくできる」

イスファンディールにはなおも信じられない。

「千里眼……？　そんなことが」

「あるはずないってのか？　いいぜ、教えてやろう。

おれが初めてここに来た日、西の墓地で王妃を悼むあんたを見たと言ったな？」

「ああ」

「あのときおれは、まだミーランの北四キールのところにいた」

「まさか……」

四キールといったら、歩いて小半時はかかろうという距離だ。そこから人影を判別するなど、できようはずがない。

「本当だって。……そう、今も」

剣士は彼の胸元に視線をとめる。その視線があまりまっすぐなので、彼は喉元まできちんと衿《えり》をあわせていながら、素肌をのぞき見られる心地がした。

「その紅玉髄《べにぎょくずい》の胸飾りは、ずいぶん華奢な細工だな？　女持ちと見たが……ああ、王妃の形見か」

「どうしてそれを……っ！」

彼は服の上からその胸飾りをつかんだ。常に衣服の下に秘して、誰にも見せたことはなかった。紅玉髄の、女神を精緻《せいち》に浮き彫りした胸飾り、確かに、王妃の形見だった。

この男は、一体何者だろう。間諜などよりはるかにたちの悪いものではないだろうか。警戒は、ほとんど恐怖に近い。

剣士は、ひとつひとつ嚙んで含めるように言い聞かせた。

「おれの名はフェリダン、そう名付けてくれたのはあんただ」

「……そうだ」

「おれは、名をつけてくれたやつを裏切るようなまねは、絶対に、しない」

真剣な声音に、イスファンディールは息をついた。緊張をゆるめたつもりだったが、我ながら安堵《あんど》のようでもあった。

次いで、フェリダンの言葉を、感覚で理解した。つまりこの剣士にとって、人に己れの名をつけさせるということは、手形のひとつなのだ。極端な例を言えば、自分の命をまるごと命名者に預ける、といったような。

「すまなかった」

彼は詫びた。

「気を悪くしたろうか？」

剣士は鼻を鳴らした。

「傷ついた」

「すまなかった、赦してくれ。もう言わないから」

「あったりまえだ」

男は気分を害したようだ。これが人をだます顔に見えるのか、とぶつぶつ文句を言っている。

イスファンディールは苦笑した。

「見えないよ、私に見る眼がなかったのだ。本当にすまなかった……そなたは幸運の使いなのにな」

冗談めかした言葉に、フェリダンはちらと横目で見やった。

「そんなことまで信じるのか？」

「信じてもいいような気がしてきたよ、なるほど、幸運は誰にでも訪れるものではないが、案外、気がつかないほど近くにいるものかもしれない。それに気付くことこそが『幸運』だと、伯父は言いたかったのかな」

「いやにものわかりがよくなったな？」

「実際のところ、運にでもすがらなければ、どうしようもない状態だ。この国を救ってくれるなら、たとえ悪魔にでも、報酬は望みのままにとらせる――とは言うものの、今の時点では、望みのままにするほどのものが、国庫にもないのだが」

すると剣士は言った。

「あんたでいいさ」

イスファンディールは笑った。

「わかった、おまえの体に香油もそそごうし、おまえの馬の轡《くつわ》もとろう。何でも言いつけてくれ」

「決まりだな」

フェリダンの双眸が細められた。口元にうかんだ笑みは、まるで獲物を前に舌なめずりする猛獣か悪魔のようで——。

一瞬、軽はずみな約束だったかと不安になった。イスファンディールは、しかし肚《はら》を決めた。冗談ですませるつもりも、ごまかすつもりも、毛頭なかった。

「いいとも」

覚悟のほどは、伝わったろうか。はしばみ色の双眸を見つめ返すと、剣士の手が、顔に伸びてきた。


「水を出せたら、あんたをもらう」

低く、脅迫するような、誘惑するような響きが、鼓膜をふるわせた。

おとがいに指を添えられ、かるく上向かされた。相変わらず人を食った顔が近付いてきた。

先日、水亭でかわしたふしぎなくちづけを思い返し、もう一度すれば、あのふしぎさの意味がわかるだろうかと思ううちに、唇がふれそうになる——。

そのとき。

「陛下、陛下！」

ばたばたと、慌しい足音と呼び声、ただならぬ緊張が静寂を破った。

すいと、フェリダンはそしらぬ顔で離れていった。

執務室に飛びこんできたのは、技術官のひとりだ。大井戸の調査を命じたはずだった。

「何事だ」

問いただしても、すぐには答えられない様子だ。

「井戸が……東の大井戸で……」

顔は青ざめ、唇は言葉をかたちづくれずにわななないている。それほどに技術官から平静を奪う、いったいどんな事態が起きたというのか。

「私が行く」

らちがあかずに立ち上がると、技術官に押しとどめられた。

「いけません、陛下、危険でございます！」

体ごとぶつけるようにしてまでさえぎる、その原因は何だ？

「フェリダン」

剣士を顧みると、彼は難しい顔をしていたが、即座にひとつうなずいた。

「行こう。あんたはおれが守る」

頼もしく保証して、イスファンディールにしがみつく技術官を、猫でもつまむように引きはがす。

王は剣士を従えて、異変の待つ東の大井戸へと向かった。


問題の井戸は、王宮の東北の一隅にある。石組みの井桁《いげた》は一間四方あって、深さは、楼台がそのまま収まりそうなほどもある。井桁の内壁、北側には階段が設けられていて、井戸の底へおりられるようになっている。さらには、水脈を上流へたどることもできる。

砂漠とはいっても、このあたりは、砂の下は層の厚い岩盤に鎧われていて、地下水脈はその隙間《すきま》を流れてきてミーランを潤しているのだ。

だが今、無限と見えた水はとまった。原因は何かつきとめようと、数名が井戸の底へおりたのだったが——。

イスファンディールが到着したとき、技術官や宰相、大臣らが、井戸を遠巻きにして何事か言い合っていた。

「何があった？」

「こ、これは陛下……」

井戸に近寄ろうとすると、ここでも彼らにさえぎられる。

「なりませぬ、陛下！」

「どうした」

「水路には瘴気《しょうき》が吹き出しております。調査におりた者が、あてられて倒れております」

「何だと——」

イスファンディールは、調査のために人をやったことを後悔した。水がとまったという時点で、何らかの危険がひそむことを察知しなくてはならなかった。

「わかった、井戸はかたく封印せよ。このあたりも閉鎖して、誰も近寄らぬように」

「そ、それが……」

技術官の一人が、顔を苦渋に歪めていた。

「三人おりたうち、まだ二人が……取り残されております」

イスファンディールは激しく叱《しか》りつけた。

「どうしてはやく——」

「助けようとしたのです、最初におりた二人のうち、一人は這《は》うようにしてあがってまいりました、それで我々も井戸の底の異変を知ったのです、残された一人を救おうと、もう一人がおりてゆきましたが、いずれも、まだ戻ってきておりませぬ」

「……何ということだ」

その二人を見捨てるわけにはいかない、いずれも、讃《たた》えられるべき勇敢な心の持ち主だ。

だが、これ以上の犠牲も出せない。

どうすればいい。どうしたら。ぎりぎりの死地に追いこまれ、決断を迫られた彼の肩を、ぽんとたたく手があった。

フェリダンだった。

「おれとこいつなら大丈夫だ。……ファルーシュ」

腕にとまるハヤブサに声をかけると、姿のよいハヤブサは、さっと翼をひろげて飛び立ち、井桁の中におりていった。

「フェリダン――」

「心配するな。二人とも、まだ生きてる」

「本当か」

「ああ」

やがて、ファルーシュが戻ってきた。剣士の腕にとまり、しきりに翼をはためかせ、身をふるわせている。

汚らわしいものを振り払おうとしているようだった。

「よしよし、ご苦労だったな」

フェリダンはハヤブサの労をねぎらい、革の籠手《こて》をはずして、それをイスファンディールの腕にかけた。

「ファルーシュ、おまえは王さまを守れ。爪で肌を傷つけるなよ。やさしくな」

その言葉がわかるのか、ファルーシュは実に優雅なしぐさで、イスファンディールの腕に移ってきた。

「じゃあ、ちょっと行ってくる。あんたはここを動くなよ」

「フェリダン――」

危険なところへ行くのに、あまりにも気軽な様子なので、その油断をいさめようと腕をとると、彼はちょっと驚いた顔つきで振り向き、すぐに自信たっぷりな笑みを見せた。

「大丈夫だ」

「……フェリダン」

「心配なら、おまじないをしてくれ」

「え……」

王はとまどった。まじないの心得などはなかった。神官を呼ぶべきだろうか、呪術師《じゅじゅつし》でも呼べばいいのだろうか。

だが、剣士の求めるものはちがった。

「頼むとひとこと、言えばいい。言ってくれ」

「そんなことで——」

「大事なことだぜ？ あんたに頼まれれば、おれは何でもできる。ほら、はやく」

イスファンディールは、フェリダンに促され、一刻を争う状況にも背を押されて、そのひとことを口にした。

「……頼む」

人にものを頼む礼儀として頭を下げると、そんなことまでは望んでいなかったのか、フェリダンのすばやい手が頬に添わされ、戻された。指先でかるくつつかれたのが、まるでくちづけでもされたような錯覚を与えた。

「行ってくる」

やはり気安い調子で言い残して、剣士は井戸の底へとおりていった。

いくばくかの不安と、なにがしかの期待をこめてその後ろ姿を見送ると、宰相ノウルーズが、これは不安と不審をないまぜにした顔つきで近付いてきた。

「陛下……あれは何者でございますか」

イスファンディールは答えた。

「私の客だ」

「は…、ですが、あまりあのように下賤《げせん》な者をお近付けにならないほうが、よろしいのでは……」

その言いようはさすがの彼にも気にさわって、宰相を見据える。

「それは、どういう意味か」

「陛下の頭を下げられるほどの者ではございませぬ。あの者は、陛下に対してなれなれしい口をききすぎまする。あげくに、お顔に手をふれるなど、礼儀をわきまえた者のすることとは思えませぬ」

「口をつつしめ、ノウルーズ」

ぴしりと、彼は言った。

「は――」

「彼はこの国に何の義理もないはずだ。それを、報酬を求めず、危険をかえりみず、井戸の底へおりて二人の技術者を救出しようとしている。頼むのはこちらのほうだ。頭を下げて当然ではないか」

「ですが」

なおも口やかましいことを言いかけた宰相を、ハヤブサが威嚇《いかく》した。

宰相はたじろいだ。

「な、なんだ、この鳥めが」

「やめろ、ファルーシュ」

イスファンディールは、ファルーシュの前に手をかざす。くちばしで傷つけられるかもしれないなどとは、考えもしなかった。

ファルーシュはしぶしぶ翼をたたんだ。

「ありがとう」

宰相は目を白黒させている。

「陛下のお気が知れませぬ」

「知れなくて結構だ。私は彼を信じる」

冷たく言い放って、ファルーシュの羽を撫でた。

いつか、つつかれて危ないとあの男に遠ざけられたことがあったが、そんなことはないではないか。ファルーシュはおとなしくしている。

張り詰めた空気の中、イスファンディールは剣士を待った。

今では、彼が水路で倒れている二人を確実に連れて帰ってくれるはずだと、信じることができた。

どれほどの時がすぎただろうか、待つ身にとっては一日も二日も経ってしまったように感じられたが、ついに、井桁のふちに手がかけられたのが見えた。

その手はたくましい腕に続き、その肩には一人の若者をかついでいた。向こうの腕には、これも一人が抱えられていた。

見守っていた人々の口から、驚きと感嘆の叫びがもれた。

「まだ息はある。はやく手当してやれ」

救出者は、いささか荒っぽく二人の体を地面にころがした。

「フェリダン……！」

「よう、王さま。どうだ、無事に戻ったぜ」

先に飛んでいったファルーシュに遅れじと、剣士に駆け寄ったイスファンディールは、彼が頭から水をしたたらせているのに気がついた。

「その水は？」

「ああ、ついでだから呼び戻してきた」

「呼び戻した……何を？」

「水に決まってんだろ。大丈夫か、王さま」

寝ぼけてるのかと言いそうな目つきで見返され、絶句する。

「……水が、出たのか」

「ああ、応急処置だけどな。またいつとまるかわからねえから、今のうち汲み置きしとくよう言っておけ」

「わかった」

王は周囲の者たちに、ただちにそのように指示した。

王宮内の水甕《みずがめ》、酒甕、革袋や器が総動員され、人人は手分けしてそれに水を汲む作業に没頭した。

「感謝する、フェリダン。本当によくやってくれた」

あらためて礼を言うと、剣士は得意になるどころか、難しい顔をゆるめもしなかった。

「王さま」

「なんだ?」

「話がある。顔をかしてくれ」

「わかった」

その様子で、難しい話だと察したイスファンディールは、彼を私室に伴った。

「話とは、何だ?」

「その前に、人払いを頼む」

「わかった」

剣士に乞《こ》われるまま、王は侍従に、こちらが呼ぶまで誰も近付かぬよう指示した。

侍従が退がってゆくのを見届け、室内に視線を転じると、剣士はぬれた上着を脱ぎ、たくましい半裸をさらしていた。窓から身を乗り出しているのは、服を絞った水を外に落としているものらしい。

広やかなその背中を目にして、王はひそかにどぎまぎした。

「着替えを…運ばせようか」

そんな言わでものことを申し出ると、剣士はすぐに戻ってきた。

「いや、いい」

そうか、と答える間もなく、抱きすくめられた。

「…な……、フェリダン……っ」

首筋に、剣士の髪から伝った水がしたたる。ひやりとして身じろぐと、耳元にささやきを感じた。

「井戸の底で、あんたがふるえてるのを感じた」

「………？」

「あんたは、迷って迷って、誰にも助けを求められない子供みたいに迷って、泣きそうだった。…そう思った」

「そんな…ことは……」

否定の声は、途中で切れた。自分を抱きしめる腕に力がこもったので。

「そのくせ、気丈にふるまって、周囲にそれを悟られまいとしてた。……助けてやりたいと思った」

「……フェリダン……」

イスファンディールは、不覚にもまぶたが熱くなった。この男から聞くには、それはずいぶんとやさしい声音であり、言葉だった。

誰にも頼れなかった。王は国の要《かなめ》、仰ぐべき至尊の冠のあるじ、そう讃えられはしても、こんなふうにいたわってくれる人はなかった。いたわられたいわけではなかったが、今こうして剣士に抱きしめられて、張りつめた全身から力が抜けるようだった。

イスファンディールは小さく息をつき、剣士の肩に額をすりつけて、涙を一粒だけこぼした。

「……というわけで」

こめかみにキスされる。何を言うのかと顔を上げると、にやりと人を食った笑みに迎えられた。

「まずは、報酬だ」

「…は——」

何のことだったかと呆《ほう》けた瞬間、ひょいと抱き上げられた。

「フェリダン……！」

「約束だったろ？」

剣士はかるがると、次の間のベッドまで王を運んでゆく。

イスファンディールは、ベッドに横たえられ、のしかかられて、歴然たる力の差に、無駄と知りつつ抗《あらが》った。

「待て…、そなた、水は完全に戻りきったわけではないと、言わなかったか」

しかし、この剣士はそんなことを引け目に感じるほど、かわいげがあるわけではなかった。

「その分は追加労働で埋め合わせる」

「………！」

するすると帯をほどかれ、衣服の前をひらかれ、こちらの抵抗など赤子がむずかるほどにも意に介されず、全裸に剝がれた。

「イスファンディール……」

低めた声が耳朶《じだ》に吹きこまれると、肌が騒ぐ。

「待て…、フェリ……」

唇をふさがれ、制止の言葉はそれ以上続けられなかった。

今度のキスは、はっきりと欲望の味がした。イスファンディールはすっかり翻弄《ほんろう》されて、剣士の愛撫《あいぶ》に身をまかせるほかなかったのである。

己れの躰《からだ》が、こんなに刺激に対して敏感になるものだとは、考えたことすらなかった。イスファンディールは息を途切らせ、胸を喘《あえ》がせて、男の手指や唇がそちこちを這うのを――それからもたらされる快楽を、感じとっていた。

この身ひとつが報酬だなどと早まった約束をしたとか、こんな背徳にふけっている場合ではないとか、そんなことはとうにどこかに飛んでいってしまった。ただ与えられる悦楽の美酒に酔い、次々と酌まれるそれを、次々と飲み干すだけだ。

男の愛撫は、ときにやさしく、ときに激しく、ときに逃れようもないほど的確に、イスファンディールを弱らせてゆく。わけがわからなくなって声をあげ、突然、誰かに聞かれでもしたらと我に返ると、醒《さ》めてしまったことを咎めるようなキスが降ってきた。

そうして、ついに剣士自身が侵入してきた、そのとき。

イスファンディールは歯を食いしばり、剣士の腕にしがみついて、そこに容赦なく爪を立てた。

「イスファンディール……」

なだめるようなささやき、なだめるようなキス。彼はうっすらと眼をあけ、相手を見た。はしばみ色の双眸が、いくぶん光をやわらげて、自分を見つめていた。

その中に自分が映りこんでいるのを目にして、彼はほっと力を抜いた。急にその姿がぼやけたと思ったら、熱いしずくが、まなじりから伝い落ちた。

剣士は想像もできないほどやさしく笑って、そのしずくを吸いとる。

かがみこんできた男の背に、イスファンディールは両腕をまわした。

耳元でひそかに笑う声がした。

彼は、目を閉じた。

頭がぼんやりとして、躰にも力がはいらない。イスファンディールは、首だけをめぐらせて、服を身に着ける剣士を見つめた。

剣士が視線に気付いた。

「ああ、目が覚めたか。水を飲むか？」

「……たのむ」

喉が嗄《か》れているのは、渇きのせいばかりでもないのだろうが。

「自分で飲めるか？　口移しで飲ませてやろうか？」

にやにやと人の悪い笑みをうかべる男を睨《にら》みつけ、

「自分で飲める」

その手から杯を奪った。

剣士は行儀の悪いことに、水差しの口から飲んでいる。

イスファンディールは、喉を潤して息をついた。

「フェリダン……」

ちらと見て、視線がぶつかりそうになると、慌ててそらした。気恥ずかしくて、顔がまともに見られない。

「なんだ？」

剣士はいたって平然としているが、自分だけだろうか、こんなに動揺してしまうのは。


「その…話があると、言ったろう？」

我から切り出してはみたが、もしかするとそれは、二人きりになる口実だったろうかと思い当たったとき、剣士が真顔になった。

「ああ、そうだった」

ベッドの端に腰をおろし、まっすぐ見つめてくる。

「……なんだ？」

イスファンディールも緊張した。

剣士はずばりと言った。

「水が涸れたのは、自然現象じゃない」

王は耳を疑った。

「……何だと？」

フェリダンはくりかえす。

「自然現象じゃない。作為だ」

それでもイスファンディールには信じられなかった。

「作為？　いったいどういう――」

「ひらたく言えば、魔法だよ。誰かの呪詛《じゅそ》だ。呪《のろ》われてるんだ、この国が」

「そんな……ばかな」

イスファンディールは呆然《ぼうぜん》とした。国中の井戸という井戸から水を奪うほど強力な呪詛が、いったい誰になせるというのか。そんな呪詛をまねく理由が、この国のどこにあるというのか。

剣士は肩をすくめた。

「できない話じゃない、力のある呪術師、魔術師なら、可能なことだ」

「おまえが水を呼んだのも……？」

「ああ、まあ、そんなもんだ」

こともなげな返答に、彼は、一度は訊かなくてはならないこと、ずっと喉の奥にわだかまっていた問いを、声にした。

「フェリダン……おまえは、いったい、何者だ……？」

剣士はわずかに顎を上げ、おかしそうな笑みを口元にひらめかせた。そのまま唇を寄せてくるのを、彼は反射的に避けてしまった。

なぜか？　得体が知れないと考えたのか、あるいは、恐怖を感じたのかもしれない。つい今しがたまで、それ以上の行為に溺《おぼ》れさせられていながら――。

そんな動揺を見透かされたか、剣士はにやりとした。

「実はおれは、人間じゃないんだ。昔は人間だったんだが、今はちがうものになってしまった。だからそれまでの名も、過去も捨てたんだよ」

ばかを言え、と一蹴《いっしゅう》しかけたイスファンディールは、ふざけたとしか思えないその言いぐさと同時に、剣士のうかべたかすかに寂しげに見える笑みに、眉をひそめた。

なんだろう、この痛みは。前にも感じたことがある、あれは庭園の水亭で、この男に名をつけたときだったか……。

竜憑き、と、その言葉が思い出された。この男がそれであるという確証、あるいは言質は、なかったが。

しかし、剣士の顔つきはすぐに、なじみのある、人を食った笑みに戻った。

「おれは水を呼ぶことも、とめることもできる。あんたはそのおれを顎で使うことができる。おれとあんたの能力のちがいなんざ、その程度のもんさ」

それは、的を射た説明なのか、それとも体よくはぐらかされたのか。

だが、イスファンディールはうなずいた。今はこの男の業の詮索《せんさく》より、他の問題に目を向けるべきだった。

「国に恨みを持つ……というよりは、その頂点に立つ人間を恨むやつのしわざだろうな」

剣士の推測に、王もまた暗然とうなずいた。この国の頂点に立つ者、つまり自分だ。

「心当たりはないのか」

「あるわけがない」

と語調も荒く言い返して、ふと脳裏によぎった影があった。

「あるのか？」

イスファンディールは迷った。

「いや…、だが、そんなはずはない」

ナウル家の王子――彼が王位に就かなければ当然その座を手に入れていたはずの、マーザンダール王子――は、横合いから現れて王冠をかぶった自分のことを、憎んでいるかもしれない。

だが、彼はすぐにその考えを打ち消した。彼は依然として第一位の王位継承権を持つのだし、王座に就きたければ、イスファンディール個人を狙《ねら》えばすむことだ。国中を危難に陥れる必要はない。

それに、かの王子は、私憤でそこまで無道なことをする人ではないと、イスファンディール自身は観察していた。歳《とし》は十ばかりも上だが、自分に対しても礼節をつくした話しかたをしてくれる、聡明《そうめい》な人だ。

「何でもない。忘れてくれ」

と彼は言った。

フェリダンは鼻を鳴らした。

「怪しいやつがいるなら、おれが見れば一発でわかるが」

「それも、おまえの千里眼か?」

「ああ。絶対に、見誤らない」

イスファンディールはきっぱりと答えた。

「その必要はない」

たとえわずかでも疑いのまなざしを向けたことを、ここにはいないマーザンダール王子に心の中で詫びる。

どうも疑い深くなっている……。イスファンディールはためいきをついた。思考がすさむのは、疲れているせいだろうか。それを言い訳にしている場合ではないのに。

「気苦労の絶えないあんたを残していくのは心苦しいが――」

と、剣士は言い出した。

「おれは、呪詛の実行者をとっつかまえてくる」

「フェリダン」

「そりゃあたやすい仕事じゃないが、あんたに頼まれたらいやとは言えない」

「フェリダン――」

この男のふざけた口調は、自分の――頼むと、そのただひとことで無理難題を押しつける自分の負い目を、かるくしようとしてくれているのか。

剣士は人の悪い笑みをうかべて、彼がそのひとことを口にするのを待っている。

イスファンディールは、良心の呵責《かしゃく》に駆られた。国中の井戸を涸らそうというほどの悪魔の業を使う者に対し、ただ一人で立ち向かう剣士に、自分は何も報いるすべがない。文字通り、この身ひとつのほかは。

それなのに、頼むなどという短い言葉で、彼を危地に追いこもうというのだ。

私は卑怯《ひきょう》だ。

私は卑怯だ……。

「……王さま」

気がつけば、フェリダンが間近でのぞきこんでいた。

「あんたにそんなに心配してもらえるなんて、嬉しくて死んじまいそうだ」

にやにやと人を食った笑いを口の端に刻んでいるのを目にして、頭に血がのぼる。

「まじめに……！」

思わず振り上げた手は、あっさりと捕えられてしまった。

「おれはいつだってまじめさ、あんたのためなら何でもやるって言ったのも、おれにはできるって言ったのも」

ふいに真顔になって、手を引き寄せられる。

「あんたをもらうって言ったのも……――」

避ける暇もなく、唇が重ねられた。どこか禍々《まがまが》しくさえあるくちづけ――けれど彼は、かるくついばまれても、応《こた》えることも、拒むことさえ、できなかった。

やがて、ゆっくりと唇を離した剣士は、瞳の奥をのぞきこんできた。

「死にそうな顔をしてる」

ささやいて、低く笑う。

「おれは必ず戻ってくる。それまで、何があっても死ぬなよ」

「……フェリダン」

不敵な笑みを見せてきびすを返す男を、イスファンディールは呼びとめた。

「フェリダン！」

剣士は振り向いた。

彼は、ひとことひとこと、はっきりと言った。

「必ず、戻ってこい。……頼む」

フェリダンは破顔一笑した。イスファンディールが見とれるような、おおらかな笑顔だった。

男はあらたまった様子で膝を折る礼をとり、イスファンディールの手にくちづけした。

「何事も、陛下の仰せのままに」

◇◆◇

その足でミーランを出たフェリダンは、がりがりと砂色の髪を掻いた。

「なんだかなあ……」

王に対して格好をつけるためとはいえ、正式な礼をとるなどというがらにもないことを、百年か、もっとぶりにしでかしたせいで、尻《しり》のあたりがこそばゆくて困る。

ファルーシュが、髪をくわえてつんつん引っ張った。

「いてえって。悪かったな、おれはああいうやつに弱いんだ。おまえも見ただろ、きれいな顔して強情の何のって」

若く美しい王の、何があっても自分の足で立っているのだという静かな気迫のみなぎる立ち姿を思い出す。きっと彼は、頭上に太陽が落ちてきても、最後の瞬間まで、自分を滅ぼす運命に対してひたと眼を据え、足を踏まえているにちがいない。

「いいねえ……」

フェリダンは顎をさすった。

「人間なんて、水がないだけで簡単に死んじまうようなちっぽけな生き物なのにな。自分が小さいってことを自覚しながら、何とかしようとがんばってるやつは大好きだな」

自分の嗜好《しこう》が歪んでいるという自覚は、この剣士にはない。

「ああいうやつがいる限り、人間もそう捨てたもんじゃない。そういうやつを追いつめて泣かせて、すがりつかせるのは、もっと好きなんだけどな。あいつの場合は、泣きゃしねえだろう。ま、それはそれでいいが」

ばたばたと、ファルーシュが翼をはためかせた。

——笑いかたがいやらしいよ、おまえ。

ハヤブサの金色の瞳に睨まれ、剣士は苦笑する。

「かまやしねえだろ、どうせ誰も見ちゃいねえんだ」

——やれやれ、あのきれいな王さまも、気の毒に。

「それをおまえが言うか？」

軽口をたたきあいながら、剣士はふいに表情を引きしめた。

「さあて……その王さまのためだが、この仕事は楽じゃないぜ。おまえも感じたんだろう、井戸の水を塞《せ》きとめてるやつの力のほどは」

ファルーシュはうなずいた。

——なかなか強力らしい。人の身ではあるが、あそこまで力をつけられるものは、滅多《めった》にない。

「手ごわかろうな」

——たやすくはない。

剣士は相棒を睨んだ。

「こいつ。長いつきあいだろ、おまえならひとひねりにできる、くらい言ったって、ばちはあたらないぜ」

するとファルーシュは、ちらりと横目で剣士を見やった。

——それはこちらの言うことだ。

剣士は気付かなかったという顔で苦笑した。

「確かにそりゃそうだ。……おまえなら、どんなやつが相手でも、ひとひねりにできるさ」

——むろんのことだ。

すまして答えたファルーシュに、剣士は大笑いした。

「さて、じゃあ、行こうぜ、相棒」

これから危地に乗りこむという自覚があるのかないのか、フェリダンは新しく思いついたいたずらを試しに出かける悪童のように、はしばみ色の双眸を輝かせた。

その瞳の色が、やがて琥珀《こはく》から黄金に変じてきらめくのを見た者は、誰もいなかった。

そうして、背後から吹きつける風をマントにはらみ、まるで風をまとうようにたたずんでいたかと思うと、彼のハヤブサは風に溶け出すようにふくれあがった。それが砂塵《さじん》にまぎれて判然としないながら、何か巨大なものに変化したかと見る間もなく、一人と一羽の姿は、忽然《こつぜん》と消えていたのである。

◇◆◇

執務室で、イスファンディールは憔悴《しょうすい》の色を隠しきれなかった。知らず知らず、机を指先でたたいている。こつこつと、せきたてるようなリズムは、知らせを待ちわびる心を如実に表しているのだ。

ふしぎな剣士の言った通り、王宮の東の大井戸の水は、三日で再びとまった。今は汲み置きしていた水で、ようやく口を湿らすようなありさまだ。それが尽きる前に、トゥーランへ派遣した部隊が水を運んで帰還しないと、いよいよ日干しになる。彼が国を出てから、五日が経とうとしていた。

フェリダンの安否も、むろん首尾も、気にかかる。だが、もっと気にかかるのは、剣士自身のことだ。

……名をつけてほしいと言い、頼むとひとこと言ってくれと言った、そうすれば何でもしてやる、と。

どうして彼は、自分をそこまで気にかけ、あるいは、見込んでくれたのか。

イールハーンの伯父に頼まれたから、というわけでは、あるまい。あれは、身分の上下など意に介さぬといった眼つきをしている。相手が帝王だろうと、気に食わぬとなったらさっさと飛び出すだろうし、思いとどまるよう懇願されても舌を出すのが関の山だろう。逆に、気に入れば相手が誰であれ、たとえ文無しの旅人でも、酒を酌み交わして大いに騒ぎそうだ。

ふと我に返って、イスファンディールは困惑した。考えねばならないことは他にもある、あの風変わりな剣士のことなど、あれこれ思い悩んでいる場合ではないのに。

男のふてぶてしい笑みや、自信に満ちて揺るがない態度、そしてあろうことか接吻《せっぷん》や、それ以上の事実まで脳裏によみがえってしまって、彼はそれを振り払おうと頭を振った。そうすると今度は、唇に感触が戻ってきたような心地がして、手の甲でこする。

「……何をしているのだ、私は……」

自嘲気味に呟き、椅子の背もたれに体を預けた。

そのときだ。息せききって駆けこんできた兵があった。

その者の血の気の失《う》せた顔色に、待ち望んだ知らせでないことを直感的に悟る。

「どうした、何事だ」

兵は彼の前で、苦渋と慚愧《ざんき》の色をうかべていた。

「…申し訳ございません……！」

イスファンディールは、声を荒らげないように努めた。

「何があった？」

兵は告げた。

「水が……、トゥーランから輸送中の水が、すべて失われました――」

王は足早に、半ば走るようにして、広間へと向かった。そこに、トゥーランからただ一人戻ってきた兵がいるという。

広間には、すでに重臣の主だった者が集まっていた。いずれも憔悴と焦燥、絶望の色濃い顔を並べている。

「陛下――」

イスファンディールは、彼らの前にひれ伏している兵士に歩み寄った。

「一人だけ生き残ったというのは、そなたか」

兵はますます身を縮めるようにして拝跪《はいき》した。

「申し訳ございませぬ、王命をまっとうすることもできず、あまつさえ国の財産をただ失い、おめおめとこの場にまかりこしましたこと、深く……、深く、恥じ入るばかりでございます」

腕と腿《もも》に、ひどい怪我をしていた。それも布切れで縛りあげただけらしく、にじんだ血の染みが広がりつつある。

「何があったのだ？」

「は……」

兵の語ることを聞けば、トゥーランから水を買い入れ、急いでミーランへ戻る途上で、盗賊が現れたのだという。大きな甕や革袋を載せた、数十頭のらくだと荷車が、盗賊たちの目を引いてしまったらしい。しかも、それを運ぶのは一目で兵士とわかる様子の者たちということが、奴《やつ》ばらの欲にくらんだ目に、山ほどの財宝を運ぶものと映ったのだ。

数十人の盗賊団だった。ぐるりと周囲を囲まれ、むろんこのほうも応戦したが、荒っぽい仕事に慣れた盗賊どものこと、次々と兵士たちを殺傷した。

そのうち、一人が財宝の顔を拝もうと、甕をたたき壊した。

ところが、そこからあふれたのは、酒でも蜜《みつ》でもない、ただの水だった。

驚いた奴らは次々と荷を破り、そのどれもが盗むに値しないものであると知って、唾《つば》を吐き捨てて引き上げていった。

命に代えても国へ運ぶべき水が、空《むな》しく砂に吸われるのを目の当たりにしながら、そのときには、身動きできる者は、ほとんどいなかった……。

涙を飲んでそこまで語った兵士は、傷の苦痛のあまり、気を失った。

イスファンディールは静かに言った。

「手当をしてやれ。……残りの者は……まだ生きているだろうか」

大臣の一人が沈痛なおももちで首を振った。

「生きていたとしても、連れ帰るまでもちますまい」

何ということだ。勇敢な命を救うことはおろか、弔いさえおぼつかないありさまとは。

私は無力だ。まぶたが熱くなり、王は手で顔を覆った。万事休すだ。もう打つ手がない。

フェリダンさえ戻ってくれば――それだけが一縷《いちる》の望みだったが、しかしその糸も突然に、ぷっつりと断たれた。

無情の斧《おの》を持っていたのは、宰相のノウルーズだった。

「かくなる上は、陛下にお覚悟を決めていただかねばなりませぬ」

覚悟を決める、その響きが、不吉なものをはらんでいる。

「…ノウルーズ？」

「トゥーランの陛下から、ありがたいお申し出がございましたようで」

宰相の言葉は、先日、イスファンディールにあてられた手紙の内容を正確に言い当てていた。

「読んだのか、私あての手紙を」

つい詰問口調になったが、あの宰相が動じもしない。彼の中でも覚悟の決まったことなのか。

「お机の下に落ちていたものを、目にしただけでございます」

「……それで、私にどうしろと言うのだ」

ノウルーズはうやうやしく礼をとった。

「トゥーランの陛下には、僭越《せんえつ》ながらわたくしがご連絡申し上げました。そのお返事に、陛下さえおいでになるなら、ミーランは引き受けるという確約をいただいております。陛下には、ぜひとも、トゥーランへおでましいただきたく……」

イスファンディールは己れの顔から血の気の引くのがわかった。唇がふるえた。

「…どういうことか」

「トゥーランの陛下には、陛下さえお手元に置けるものならば、どんな対価を支払っても惜しくはないとつねづねお考えの由。無償でミーランを援助することも――」

彼は愕然とした。

「私に――身売りせよと？」

「お人聞きの悪い。ミーランを救っていただきたいのでございます」

「ばかな！」

彼は叫んだ。

「この身をミーランのためについやす覚悟はできている、だが、それは承服できぬ」

「失礼ながら、陛下のご努力よりも、トゥーランの陛下のお申し出のほうが、ミーランの危急を確実に救えるかと存じまする」

ミーランの若き王は、衝撃を受けた。これまでの自分の尽力、知恵と力の限りを絞ったそれが、無駄だったと決めつけられたのだ。さらに衝撃だったのは、宰相に反論する者が、一人もないことだった。事前に根回しができていたのか、それとも――彼らも宰相と同意見なのか。一人一人顔を見据えると、彼らは一様に視線をそらせた。

足元がくずれ落ちるようだった。流砂に踏みこみ、全身を呑まれるようだった。

ミーランのため、何を措いても、――愛する妃の死を嘆くいとまさえなく、最善と思われる策をとってきたのに。

「どうぞ、お覚悟を、陛下」

宰相が歩を進めてき、イスファンディールはそのぶん後じさった。

「恥を知れ！　これは宰相の知恵ではない、女衒《ぜげん》の手管だ！」

悪罵《あくば》にも、宰相はいっこうにひるむ気色がない。

「陛下――我が国を救っていただけないのでございますか」

「こんな救いかたをしたいわけではない」

「ですが、結果として救うことになるなら、これも立派に陛下のお力でございましょう」

詭弁《きべん》だ。要は彼らが楽になりたいだけなのだ、自分たちの王を他国へ差し出してこの苦しみから解放されるなら、喜んで従おうというのだ。

今となっては、それが最善の策なのかもしれなかったが――このままなすすべもなく、民が渇いて死んでゆくのを、ただ見ていることしかできないよりは。

それでも、彼の誇りにかけて、応諾することはできなかった。ノウルーズたちが自分をトゥーランに差し出すこと、それを彼らの逃げだと言うなら、自分が進んでトゥーランに赴くのは、自分の逃げだ。少なくとも、自分自身の良心において、許せない。

「承服できぬ」

宰相が、やれやれといったためいきをついた。

「残念ながら、すでにトゥーランの陛下よりお迎えが参っております」

「なんだと――」

激しい口調でなじりかけたとき、広間の大扉が勢いよくひらかれた。正装した文官を先頭に、武装した兵が数人、足音を荒々しく響かせてはいってくる。装備はいずれもミーランのものではない。トゥーランの兵だ。戦時でもないのに他国の王宮に踏みこむなど、心得ちがいもはなはだしい。

イスファンディールは声を張り上げた。

「誰の許しを得てかくは参ったか！」

まさに王者にふさわしい、その凜乎《りんこ》たる態度に、ノウルーズをはじめとしたミーランの家臣団はひるんだ気色を見せたが、トゥーランの文官は動じなかった。かたちばかりは丁重な礼をとる。

「お迎えにあがりました。急ぎ我らとおいでくださいますよう」

「行かぬ」

「——おいでいただきます」

文官らしからぬ押しの強さで言い放ち、うしろの兵に顎をしゃくると、数人が駆け寄ってきた。

イスファンディールは、とっさに腰の短剣をつかみしめた。武術には自信がない、よしんばあったとしても、多勢に無勢だ。囲みを破ったところで、家臣らが意をひとつにしている以上、この国に自分の居場所はもはやない——それでも、抵抗せずにいられない。

「無駄なことをなさいますな」

先頭の兵が静かに諭す。

「さあ、それをお渡しください」

差し出された手を、彼ははねのけた。

「やむをえませぬな」

その男が苦い息をつくと、彼の右手でちがう兵が動きを見せた。

はっと、そちらに注意がそれた。反射的に短剣を抜きかけた手は、しかし正面の男に押さえられている。

「ご無礼を」

動作のすばやさ、一瞬でつめられた彼我の間合いに呆然とする間もなく、鳩尾《みぞおち》に強い衝撃を受けて、当て落とされていた。

「では、確かにお預かりいたします」

落ち着き払った男の声を、遠くなる意識の片隅で聞く。

——フェリダン……！

すがるような思考はついに声を持ちえず、あとは、光も音も届かない暗黒が、彼を引きずりこんでいった。

◇◆◇

まさにそのとき、フェリダンはイスファンディールの心の叫びを聴くだけの余裕がなかった。レーマーン大河の地下支流で、魔術師と対峙《たいじ》している最中だったのである。

そこは、地下の岩盤に生じたひびが、永《なが》の歳月に侵食され、天然の水路としてミーランまで続くものであった。魔術師は、そこに陣取り、水を塞きとめたのだ。

この場所を突き止めるだけでも、フェリダンらにとっては意外なほどの時間を要した。

河の流れは、そこらの岩盤を崩して積んだ堰《せき》で止めてあるのだが、なおかつそれを術で封じて、壊されないようにしてあったのだ。しかもその一帯が結界されるという念の入れようで、まったく忌々しいといったらない。

結界は、ただ単に内と外を隔絶するという意味にとどまらず、高度なものは、結界の存在そのものをくらますことができる。それによって完全な隔絶をはかることができるのだ。魔術師がしかけたのは、その完全なほうの結界だった。

人の身で、これほど強力な術を操れる者がいるとは思わなかったと、やはり多少は見くびっていたのだろう。探索で成果があがらないと見てとったフェリダンは、考えを改めざるをえなかった。

この広大な砂漠から、一粒の水晶のかけらを見つけだすように目をこらし、一滴の水のしたたる音を聴き取るように耳をすませて、ようやく探り当てることができた。それは彼としても非常な精神力を要求される作業だった。

「ちくしょうめ、よけいな手間をかけさせやがって。見つけたらただじゃおかねえ」

魔術師の腕のほどを窺い知るにつけ、剣士は獰猛《どうもう》に唸《うな》ったが、いざ地中の水路で対峙してみて、その思いをいっそう強くした。

灰色の外套《がいとう》を頭からかぶった魔術師は、彼らを見るや否や、術によって岩を飛ばしてきた。烈風が頬を打ち、常人ならばそれだけで皮膚と肉とを切り裂かれそうな激しさだったが、飛ばされた岩も、まるで突風に煽られる木の葉のような鋭さで剣士たちに襲いかかる。ファルーシュなどは飛び上がって避けようとしたが、天井がふさがっているために難儀した。

フェリダンは大剣をふるい、次々と飛んでくる岩を迎え撃った。その手並みもあざやかで、まるでよく研がれた鋏《はさみ》で紙でも切るようにやすやすと、岩は真っ二つになるのである。

「きりがねえ」

フェリダンは舌打ちし、なおも迫りくる岩をたたき落としながら、左手でベルトにはさみこんだ針を抜きとった。それは針とは言うものの、むろん縫い針のように華奢なものではなく、鋭利に磨きあげられてはいたが、釘《くぎ》ほどに太く、胸を突けばたやすく心臓を貫きそうなほどに長い。

そうして人の悪い笑みとともに、相棒に声をかけ

た。

「ファルーシュ、怒っていいぞ」

いくら力があるとはいえ、人間相手に手を焼くのなどは、ハヤブサの姿をとるこの魂には、耐えがたい屈辱だったろう。フェリダンの言葉に、ファルーシュはようやく気がねがなくなったと言わんばかりに、その姿を変えた。金色の光を放ちながら、みるみるうちにふくれあがる。

狭く暗い坑道に、まばゆい光が満ちた。まるで太陽が出現したようで、闇《やみ》に慣れた眼には立派な暴力だ。

魔術師が一瞬ひるんだ、その隙を逃さず、フェリダンは針をなげうった。

針は銀色の光芒《こうぼう》を引いて、灰色のかたまりのどこかに突き立った。耳障りな悲鳴が、がらんとした岩場の空間に響き渡った。

ファルーシュは、今や坑道の高さと言わず幅と言わずその体でふさいだ。光の加減で見え隠れするそれは、長大な生き物のようだった。

まだ大きくなる。まだ、もっと。ぐんぐんと膨張し続ける光が、天井の岩盤に突き当たり、そこでとどまらずに、さらに体積を増した。ついに背が轟音《ごうおん》とともに天井を崩し、崩落は魔術師に襲いかかった。

剣士は砂ぼこりから眼を覆った。いつの間にか金色の光はおさまり、変わりに天井の抜けた坑道には、太陽の光が降りそそいでいる。

ファルーシュはハヤブサの姿に戻り、崩れた岩盤の山のあたりを飛びまわった。異常をかぎつけたようだった。

「逃げられたか」

フェリダンが舌打ちすると、ハヤブサが手元に舞い戻ってきた。

剣士は、気の立った相棒をなだめるように言った。

「針がついてる、あとでいくらでも捜し出せる。それよりは、水だ。急ごう」

◇◆◇

ミーランの王、イスファンディールは、手足を拘束されて輿に積まれ、通常ならば五日かかるトゥーランへの道を、二昼夜で運ばれた。トゥーランからの迎えはまったく周到で、道筋の要所に交替要員――輿の担い手と護衛との――を待機させてあったのだ。

翌日の正午近く、王宮に運びこまれた彼は、さすがに拘束をとかれ、憮然とする間もあらばこそ、彼の心情をまったく斟酌《しんしゃく》しない者たちの手で湯浴《ゆあ》みさせられ、衣服を替えさせられ、食事を与えられた。

彼としては、一刻もはやいトゥーラン王との面談を望んだのだが、そのつど「これがおすみになりましたならば」とはぐらかされた。

与えられた衣服はごく上質な薄手の亜麻布で、たっぷりと襞《ひだ》をとった生地のあわいに、素肌が透けて見えそうだった。帯や胸飾り、腕輪なども豪奢な細工だ。

食事にしても、食材や調理法、あるいはそれを盛る器など、どれもが多彩で、国力の差というものを、まざまざと思い知らされる。イスファンディールは唇を噛んだ。

午後の日が傾きかけて、彼はようやくトゥーラン王の居間へ案内された。

「おお、従弟どの」

トゥーラン王ザッハートは親しげに彼を迎えたが、彼の不信ははれなかった。

ザッハートは、顔立ちそのものは端整と言えるのだが、眼の光だけがどうも冷たく見えて、ふとした折の酷薄そうな物言いとあいまって、どうも蛇を連想させる。イスファンディールはそこが苦手なのだ。これまでは親しく従兄弟《いとこ》と呼び合う相手でもあったし、彼のことをよく考えてくれてもいるようだったので、感謝と親愛を向けこそすれ、あからさまに嫌悪の色をうかべたことはなかった。だが、ことここに及んで、認識を改める必要があるようだ。

「まず、なぜ私をこうまで強引に連れて来たのか、お教えねがいましょう」

ザッハートは微笑をたやさない。

「飲み水にも事欠くような国に、あなたをこれ以上置いておくのに忍びなかったのだよ。かわいそうに、少しやつれたね？」

イスファンディールは手を握りしめる。

「我が身ひとつを救っていただきたいわけではありません、私はともかく、私の国、私の民を、救っていただかないことには――」

ザッハートは心得顔でうなずいた。

「むろんだとも。まずあなたに来てもらったのは、今後のことを相談するためだ」

長椅子を勧められ、イスファンディールは従った。トゥーラン王は彼の隣に腰をおろした。

「まず――」

イスファンディールが薄い唇を見守ると、それは思いもよらない言葉を吐き出した。

「私はあなたと、ミーランがほしい」

それを聞くなり、イスファンディールは我が耳と、それ以上に相手の口を疑った。ミーラン王たる我が身と、その国を望むというのは、ミーランをトゥーランの版図に加え、支配下に置きたいということではないか。

「それは——話がちがいます、援助してくださるというお話ではありませんでしたか」

トゥーラン王は目を細める。

「ミーランはもともとトゥーラン領だ、裏切り者の太守ファルバルドが奪っていった土地だ。この際、トゥーランに返還してもらおう」

「今さら…この期に及んで……！」

「そうとも、およそ二百年前、トゥーランはファルバルドにミーランを切り取られるという屈辱を味わわされた。今度はこのザッハートが、二百年ぶりの再統一という栄光に浴する番だ」

トゥーラン王の、やさしげに細められた双眸の奥から投げかけられる光が、決して見かけほどやさしくもあたたかくもないことを見てとって、イスファンディールはぞくりとした。蛇のようだと、強く思った。

この人は、初めからミーランを奪い返すつもりだったのだ。従弟どのと親しげに呼ぶその肚の内で、ミーランを手に入れる機会を虎視眈々《こしたんたん》と狙っていたのだ。そしてこのたびの窮状を無駄にするつもりはなく、これ幸いとその手におさめようとしているのだ。二百年、恨みを呑まされた、その代価として。

トゥーラン王は、力強い腕を伸ばして、彼を抱きしめる。

「あなたの面倒は、私が最後まで見てやろう。ミーラン最後の王として、トゥーランに信頼と友好を捧げた協力者として、大切にしてやる。悪い話ではないだろう、あなたはミーランの王城の鍵《かぎ》を私にくれればいい。そうすればトゥーランはミーランに水を供給するし、民を移住させもしよう、むろん何の代償も要《い》らぬ。我が国の一部になったのだから、当然彼は抗った。

「卑怯な！」

「卑怯などではない、これが王に求められる手腕というものだよ」

イスファンディールは、男の腕の中で懸命にもがくが、武術に長《た》けた王は意にも介さない。

「放してください……私に、さわるな…！」

「どうして？　ミーランを救いたくはないのか？」

「……あなたに救ってほしくなど……っ」

「ほう？　いいのか、そんなことを言って？　私以外に、誰が救えるというのだ？」

嗤笑《ししょう》の響くその問いかけに、彼の脳裏にひとつの名がひらめいた。必ず戻ってくるから、それまで死ぬなと言った男。名をつけてくれた相手を決して裏切らないと誓った剣士。

それと同時に、その剣士が、水が涸れたのは誰かの作為だと語ったのも思い出した。

それは、まさか――。

「ザッハート……ミーランの水を涸らせたのは、まさか、あなたのしわざですか……？」

それに応じるトゥーラン王の邪悪な笑みは、言葉はなくとも雄弁に物語っていた。イスファンディールは身をふるわせた。

「悪疫を流行《はや》らせたのも、あなたか！」

トゥーラン王はしらりと答える。

「それは知らない」

だが、彼にはすでに、従兄弟と呼び合ったこの人物を信じられなくなっていた。悪疫も枯渇も――愛する王妃や、ミーランの多くの無辜《むこ》の民が死んだのも、すべてはこの人のせいだったのだ。

「放せ……っ！」

死に物狂いで抵抗すると、ザッハートはわずらわしげに彼を長椅子に押し倒した。

「冷静になるといい、従弟どの。私が水を涸らせたということは、水を呼び戻すのも私次第ということだよ。あなたが私から逃げ出せば、私は怒ってミーランを滅ぼしてしまうかもしれない。それでもよいのか？」

「卑怯者！」

「力というのは、そういうものだよ」

男の手が、彼の衣服の衿にかかった。穢《けが》される、と屈辱の唇を噛みしめたとき、にわかに外が騒がしくなった。

「陛下！」

と、扉を突き破らんばかりに押し開けて入ってきたのは、灰色ずくめのひょろりと痩せた人物だった。血の匂いをまとっているのは、半面を朱に染めているせいだ。左目に長い針が突き立っている。

「無礼者め、誰が入室を許したか」

興ざめしたザッハートは叱咤したが、その人物は泣き声をあげる。

「お、お役御免を願い上げます、陛下。なぜわたくしめがこのような目に遭わなくてはならないのでしょうか」

「知るか」

「陛下には水をとめるだけでよいと仰せられたではありませぬか、よもや討っ手がかかることはあるまいと……、そ、それがどうでしょうか、あのような能力者がミーランにいるなど――」

トゥーラン王は舌打ちした。

「それでおめおめ尻尾を巻いて逃げ戻ったか。金に目がくらんで請け負ったくせに、ずいぶんと弱腰ではないか」

「相手が人間ならばわたくしめの劣るところではございませぬが、あれは人間ではございませぬ、黄金に輝く鱗《うろこ》は鉄壁よりもなお堅固にして、爪牙《ぞうが》は王の槍騎兵《そうきへい》の穂先よりも鋭利、炯々《けいげい》と光る両眼は見る者を焼き滅ぼさんとするがごとき、巨大な――」

その語尾を言い終わる前に、外からさらなる騒ぎが追い討ちをかけた。今度は窓の外、宮殿の表からだ。

「あれは――そんなばかな……！」

「つっこむぞ、あぶない！」

「ええい、近衛《このえ》は何をしておるか！　射落とせ！」

口々に慌て惑った叫びをあげるのを、トゥーラン王はようやく不審に思った。

彼が窓外へ視線を向けるのと、その窓がふいに陰ったのが、ほぼ同時。

次の瞬間には、壁の一角にすさまじい衝撃が走り、それが二度続いたと思うやいなや、美しい綴《つづ》れ織りに飾られた壁面は崩れ落ちていた。

「なんと……！」

王の口から驚愕の叫びがもれた。

壁を突き破ったものは、きらきらとまばゆく輝いて判じにくかったが、どうやら巨大な生き物の足のようだった。それがするりと抜けると、今度は爛々《らんらん》と輝く、円鏡ほどに大きな双眸がのぞきこんできた。

壁にうがたれた穴は大人一人が両手を広げて通れるほどに大きかったが、その生き物の顔は、その穴からではすべてを見ることができない。

「あ、あれだ――」

灰色の男が自失した呻きをこぼすと、炬《たいまつ》のごとき眼はすぐに隠れ、代わりに一人の男が飛びこんできた。

「待たせたな、王さま」

その不遜《ふそん》な物言い、不敵な態度に、イスファンディールは安堵のあまり涙ぐみそうになった。それほど、この剣士の存在が嬉しく、ありがたかった。

「フェリダン……！」

ところが、続いた剣士の言葉には、その彼さえ憤慨した。

「王さま、そんなやつに勝手に押し倒されてんじゃねえぞ。あんたを押し倒していいのは、おれだけだ」

「……勝手なことを言うな」

時と場合をわきまえず、何と恥知らずなことを言うのだ、この男は。

ザッハートの憤慨はさらに当然だった。すばやく態勢を整え、剣架から剣をとっている。

「無礼なやつめ。何者だ、名乗れ」

すると剣士は、芝居がかった動作で礼をとって見せた。

「陽炎燃えるミーランの王、イスファンディール陛下の守護者にして、先約済みの相手さ。そんなわけだから、手を引いてもらおうか」

剣士はすごみのある笑みをうかべている。手を引いてもらおうなどと、言葉だけはおとなしいが、その意味するところは、「手を引け、さもないと」という恫喝《どうかつ》だ。

視界の端に、こそこそと這いつくばるようにして逃げ出す影があった。剣士はそれを一瞥《いちべつ》もせず、彼のハヤブサに命じる。

「ファルーシュ、そいつは好きにしていい。二度とおいたができないようにしてやれ」

すると、外から舞いこんできたファルーシュは、翼を広げたまま飛びかかった。灰色ずくめの男の悲鳴が響き渡った。逃げまどう小さな獲物を追いつめ、なぶるさまは、姿は猛禽ながら猫のようだ。

トゥーラン王は、酷薄そうな表情をちらとも動かさない。剣の柄に手をかけたまま、油断なく剣士と対峙している。

剣士は吐き捨てた。

「魔法使いを使って水をとめて隣国を干上がらせていた黒幕が、なんと友好関係にあったはずの隣国の王とは、おそれいったな」

「ほざけ」

イスファンディールは、衿をかきあわせながら訊ねた。

「フェリダン、水は――」

「ああ、ちゃんと通してきた。ミーラン中の井戸に水があふれてるよ」

「……そうか」

彼は安堵の息をついた。ということは、もうここにいる必要もなくなった。

「余計なまねを」

憎々しげに言ったのはトゥーラン王で、剣士を睨みつける双眸に激しい憎悪がゆらめいている。

剣士はこともなげに言い返した。

「おれは弱いものいじめってやつが大嫌いでね」

トゥーラン王は鼻を鳴らす。

「ほう。そこでハヤブサがつつきまわしているのは、弱いものいじめではないとでも？」

「悪党にはそれ相応の報いをってのも信条でね」

いつの間にか灰色の男は部屋のすみにうずくまったまま動かなくなっており、ハヤブサは、その左目に突き立った針をくちばしで抜き取っていた。

それを受け取ると、剣士はイスファンディールに手を差し伸べる。

「さ、帰るぞ、王さま」

「ああ――」

なかば放心してその手を取ると、ふいに、視界の端がちかりと光った。

「……フェリダン！」

イスファンディールは、剣士の腕にとっさにかばわれた。悲鳴のように叫んだときには、彼の大剣がザッハートの一撃を受けとめていた。その剣が抜き放たれるとき、刀身を稲妻が走ったように、彼には見えた。

「やるな、くせもの」

ザッハートの称賛は忌々しそうだった。一太刀でしとめられずとも、手傷を負わせることはできると踏んだ一撃を真っ向から受けられたのだから、無理はない。

「そっちこそ」

フェリダンも獰猛な笑みで応じた。ただし、こちらには余裕がある。


身幅も厚みもある彼の剣は、ザッハートの、業物《わざもの》だが細身のそれを押し返した。

ザッハートは飛びのいた。

「ファルーシュ、王さまを守れ！」

剣士の指示に、ハヤブサがイスファンディールの頭上を舞った。

彼は、違和感を覚えた。確かに広い居間にいるのに、五感に受けるものが、狭い空間に閉じこめられているようなそれなのだ。目に見えない壁に囲われているような。

「ファルーシュ――」

ハヤブサに呼びかけると、彼は、心配いらないとばかり、寝椅子の背もたれにとまって、剣士とトゥーラン王の攻防を見物している。

確かに、自分にできることはない。イスファンディールも肚をくくって、剣士の技を見守ることにした。

フェリダンは相当な膂力《りょりょく》があるのだろう、見るだに重量のありそうな大剣を、枯れ枝でもふるうようにかるがると操る。むろん、力任せというだけではなく、足運びのなめらかさ、決して乱れないその動きなどにも、彼は瞠目《どうもく》した。

剣士はまた、やることが豪快だった。敵が寝椅子の後ろにまわりこんだのを、寝椅子を一刀両断にして、残骸《ざんがい》を蹴《け》り飛ばしている。まがりなりにもトゥーラン王の居間に置かれたもの、素材も細工も吟味しつくされた極上品だというのに、まったく惜しげがない。

対するザッハートの剣技も見事だった。イスファンディールもたしなみとして武術をするが、とても太刀打ちできないだろう。たしなみといった段階をとうに超えている。

が、いかんせん、王者の剣は、剣をもってなりわいにする者のそれとは、意味も経験もちがいすぎる。ましてフェリダンは相当な遣い手だ。ザッハートは次第に圧《お》されていった。

何度目かの鍔《つば》ぜり合いのとき、交差する長剣越しに、二人の視線がぶつかり合った。

フェリダンがにやりとした。

「やるなあ、あんた。王さまにしとくのは惜しいぜ。免状をくれてやろうか……ま、おれに勝とうなんて百年はやいがな」

挑発的な揶揄《やゆ》に、ザッハートは答えない。目をすがめて相手を見据え、わずかに顎をしゃくった。

「その、剣を呑む竜の浮き彫り――」

と、関係のないことを言い出したのは、フェリダンの大剣の鍔元に彫られた細工のことだ。確かに、広い身幅を利用して、長剣に巻きつき、その切っ先を呑もうとしている竜が刻まれている。

「むかし、〈隻眼の竜〉と異名をとった使い手がいたそうだ。その男の佩剣《はいけん》が、そんな細工がしてあるといった。身のほど知らずにも、それを気取っているのか？　それとも、あやかるつもりでも？」

フェリダンは、けっと吐き捨てた。

「百年も前の話だぜ？」

ふいに体をかわしたザッハートに、態勢をくずすことなくさらに撃ちかかる。

「おれはおれだ。誰のまねもしねえし、誰にもあやかりゃしねえ」

すさまじい気迫が、剣先から噴き出すようだった。

ザッハートが思わずひるんだ。

防ごうとした剣を、その重みと勢いでたたき折り、フェリダンはトゥーラン王の首を狙った。

「もらった！」

ザッハートの背後はもう壁だ。誇り高い王が観念したか、歯を食いしばって運命を睨み据えた。

人一人の首など、絹糸を断つほどにたやすく斬り落とすだろうフェリダンの剣が、すさまじい唸りをあげた。

万にひとつも仕損じるはずはなかった。またザッハートのほうでも、剣士が千万にひとつも仕損じることを期待しはしなかった。が、しかし。

「——殺すな、フェリダン！」

その鋭い制止に、切っ先は、壁面を飾る綴れ織りを台なしにして深く壁に突きこまれたものの、刃《やいば》はぴたりと、ザッハートの喉の皮一重のところでとまっていた。

トゥーランの誇り高い王は、壁と剣の鋭い角度の間に我が首を置きながらも、うすく笑った。

「殺していいぞ。従弟どの、そうしたらその隙に、トゥーランを奪ってみるか」

イスファンディールは、緊張がとけてくずれそうになる足を、懸命に踏まえた。

「殺しはしない…、その身の代として、これまでにミーランからトゥーランへ支払われた水の代価を、そっくり返していただこう。さらに賠償金として、黄金五万カラク。払っていただく」

ザッハートは眉を上げた。

「法外な値だな」

その黄金の値は、トゥーランの二年分の国家予算にも匹敵しようか。

イスファンディールは一歩も退《ひ》かない。

「トゥーラン王の命の値とすれば、安いものだと思うが。すぐに支払えないということであれば、借款としてつけておく。利息は年利…、一割五分」

ザッハートはためいきをつく。


「暴利だ。しかも、押し貸しか」

イスファンディールは言い切った。

「王に求められる手腕のひとつだ」

ザッハートは目をみはり、次いで哄笑《こうしょう》した。喉元に剣が擬されたままだというのに、豪胆なことだ。

「なるほどな、あなたはいい王になる。私にとってはありがたくないが」

イスファンディールは、堅い顔つきをくずさない。

「紙と、ペンを。……契約書を作成する」

ザッハートは書き物机に顎をしゃくった。

イスファンディールは、その三箇条を手早く書き上げた。同じものを二通つくり、寝椅子の背もたれの残骸を台にしてトゥーラン王に突き付けると、王はあっさりと署名した。

彼はそれを確認した。まちがいなく、公文書におけるトゥーラン王の署名だった。

「確かに……」

ザッハートはうすく笑う。

「それだけで納得してよいのか？　私がそれを焼いてしまって、そんな契約は知らぬと言ったらどうする？」

「――こうするさ」

と答えたのは剣士で、無造作に王の左手をつかむと、例の針をその甲に突き刺した。

さほど力を入れたとも見えなかったが、手練の技か、針はてのひらを貫き、まるで独楽《こま》の軸の様相を呈した。それとともに、皮膚には、手の甲から肘《ひじ》近くまで、先ほどの契約が一言一句違わず浮かびあがっている。

肉と骨を突き破り、皮膚をこがす痛みに、ザッハートは歯を食いしばって耐えた。

「約束を破ろうなんて了見を起こせば、その針はもっと太くなる。きちんと守ってりゃあ、完済の暁には消える。もちろんどうあがいたって抜けねえし、抜こうとすればするほど痛むぜ。覚悟するんだな」

フェリダンは言い捨てて壁から断頭の刃を抜き、鞘《さや》におさめる。

「行くぞ、王さま」

イスファンディールは今度こそ剣士の手を取った。苦痛に呻き、屈辱に歯がみするトゥーラン王を見ても、同情も憐憫《れんびん》も湧《わ》かなかった。剣士のふところへ包みこむように抱きすくめられて、ごく自然に目を閉じた。

そうして、足元の感覚が消えたと思ったときには、彼らの姿はトゥーラン王の眼前から煙のように消え失せ、王の居室を――それどころか、トゥーランの領土そのものさえ、あとにしていたのである。

剣士の胸に閉じこめられて、どのくらい経ったろうか。イスファンディールは、あたたかく、力強い腕の中で身じろぎした。

「…フェリダン」

「うん？」

「……くるしい……」

腕の力が強すぎて、胸がつまるようだ。

頭上から舌打ちが聞こえた。

「ちくしょうめ。ほかに言うことがあるだろ？」

彼は気付いた。

「すまなかった……」

「ちがう」

「……ありがとう」

ふと、腕の力がゆるんだ。

「……まあ、いいか」

かるい息遣いは、苦笑したのだろうか？　表情を見ようと顎をあげると、すぐ間近に顔があった。反射的に目をつぶってしまったときには、唇を重ねられている。

やさしく、やわらかく、それでいて熱っぽいくちづけに、張りつめていた緊張がゆるむのを感じた。うっとりと身をまかせていると、このまま眠ってしまいそうだ。

「眠っていいぜ。連れて帰ってやる」

かるがると横抱きにされ、運ばれる。額やこめかみにキスされ、乱れない歩調の心地よい揺れとあいまって、言葉に甘えてしまいそうな己れを叱咤し、彼は言った。

「そういうわけにはいかない、訊きたいことは山ほどある。第一に、トゥーランの王宮の壁を打ち破った、あれの正体は何だ、私が錯乱していたのでなければ、何か……巨大な生き物のようだったが……」

そうだ、灰色の男がわめき散らしていた。黄金に輝く鉄壁の鱗、槍《やり》の穂先よりも鋭い爪、燃える双眸の、巨大な――ものだと。

剣士は、真意とも冗談とも判別しにくい笑顔で答えた。

「知らないのか王さま、あれが竜ってやつだ」

イスファンディールは、はっきりと不信をおもてに表してしまった。

「あ、信じてねえな？」

フェリダンの顔つきは、どんなに注意深く観察しても、本心を窺わせせない。

信じられるものか、と断言しようとして、この男にまつわるふしぎは、今に始まったことではないのを思い出す。とりあえずあれに関しては、真偽の確認はあとまわしだ。

「第二に、おまえがどうやって水を呼び戻してくれたかも聞きたいし、あれからミーランがどうしたかとか、今どうしているかとかも――」

剣士は笑った。

「それは明日にしろ。……まあ、ひとつ言っておくのは、あんたをあのくそ忌々しいトゥーラン王に売り渡した連中は、おれの独断で牢獄《ろうごく》に押しこめてある」

「牢獄に？」

「頭を冷やすにはうってつけだろう？」

あまり簡単に言ってくれるので、イスファンディールはあきれた。

「すぐ出してやってくれ」

「それは明日、あんたが指示すればいいことだ」

「明日と言わず、帰り次第すぐにも――」

「だめだ」

また、唇をふさがれた。意地も気力も奪いつくされるようなキスだった。

「ほら——あんたの城だ」

イスファンディールは、そこで初めて周囲の景色を見た。

「ここは——」

城門から直線に走る大通りの向こうには、蒼穹《そうきゅう》にくっきりとうかびあがる白亜の丸天井。四方のどの門から見ても同じように望まれる宮殿は、初代の王ファルバルドの愛した建築だった。四つの宮門はそれぞれ色分けされており、あのコバルトブルーは、ミーランの正門たる南門だ。

イスファンディールは、剣士の肩をたたいて我が身をおろさせた。

「どうして……いつの間に……」

トゥーランまでは五日行程かかるはずだ。なのに、いくらぼんやりしていたとはいえ、一時と経ってはいまい。

「神出鬼没が、おれの特技でね」

剣士は変わらずふざけた口調だったが、それをたらめと一蹴することは、彼にはできなかった。

遠目にも、王宮前広場の噴水が陽光をはじいているのが見える。人々は満面に喜色をみなぎらせて水をかけ合い、まるで祝祭日のようなにぎわいだった。

「水が…戻ってきたのか」

思わず呟くと、剣士は不機嫌そうに顔をしかめた。

「おれの話を聞いてなかったのか、それとも嘘《うそ》だと思ってたのか？」

イスファンディールは慌てて言い訳した。

「いや、そういうわけではなく——何だか夢を見ているようで…信じられなくて……」

「まあ、それもしかたないが。王さまにも見せてやりたかったな、おれはあんたに見せるつもりで、市内の井戸という井戸から水を噴き上げさせたのに」

「それは見たかったな。水の輝きは生命の輝きだ……さぞや美しかったろう」

「じゃあ、もう一度やってやろう」

にやりと、剣士は何か企《たくら》んだふうに口元を歪めた。

イスファンディールがいやな予感に身構えたとき、彼は大声をはりあげて宣言した。

「イスファンディール王のご帰還である！　者ども、こぞって祝え、ミーランを死の淵《ふち》より救いたもうた王の凱旋《がいせん》を！」

「フェリダン――」

慌ててその口をふさごうとしたときには遅かった。王その人の姿に気付いた人々は、まなざしから感謝と忠誠を、口からことほぎの言葉を、手から清い水を、彼らの王に向けてそそいだのである。


王のために、ただちに輿が用意された。イスファンディールの姿は人々の頭上に差し上げられ、天に届かんばかりの歓呼に迎えられた。

彼の乗る輿を、わずか数歩でもよいから担ごうと、男たちはひしめいた。女たちは手に手に晴れ着の帯を捧げた。

そんなふうにして王宮への目抜き通りを進みながら、イスファンディールにはなおも信じられなかった。あんなに苦しんでいたのが嘘のようだった。我が力及ばずトゥーラン王の手に渡されたのが、ほんの一昨日《おととい》のことだ。それでも、これほどに喜び祝う民のために、これが夢でなければいいと願った。

そうだ、自分はこの歓呼を受けるに値しないのに――ちらとフェリダンを見やると、剣士はいたずらっぽく片目をつぶった。何事かとそのおもてを見守ると、片手をさっと振り上げる。

周囲からひときわ大きな歓声があがった。あたりを見まわせば、なるほど、井戸という井戸から、城壁の倍ほどの高さにも水が噴き上げているのだった。

イスファンディールは夢心地でそれを眺めた。

歓喜の声は、やがて王の万歳を叫ぶ声になった。

その声は、その後いつまでもいつまでも、イスファンディールの耳に残っていた。

◇◆◇

先に自分の印章指輪を持たせて甥への使者に立たせた剣士が、今度それを返しに来たと聞いて、アルマーイルは口元を笑ませた。

すぐに通すように言いつけて、自身も応接間に移る。

「さて、またおもしろい話が聞けそうだ」

それが楽しみだった、きれいな甥はどうしているだろうか、ミーランはどうしたろうか？　剣士はどんな働きをしただろうか――役には立っただろうか。

久しぶりに顔を合わせた元食客は、相も変わらずにやりと人の悪そうな笑みをうかべて彼を見た。

「無沙汰《ぶさた》を詫びる」

「何の、無沙汰はお互いさまだ。イスファンディールはどうだった？　きれいな子だったろう？」

剣士は肩をすくめる。

「確かにな」

そうして差し出したのは、その甥からの手紙だった。端整な筆跡で、先日の手紙の気遣いに対する礼と、近況などが記されていた。

アルマーイルは愉快そうな声をあげた。

「きみをよこしたことについても礼が書いてある。ご活躍だったみたいだね？」

「まあな」

と、剣士の返答はそっけない。

「あの子にも名前をつけさせたのかい？」

「ああ」

「何といった？」

「フェリダン――」

「フェリダン？」

「ああ」

剣士はそう答えかけて、何か不快げな面持ちになる。

「思い出した、あんたのつけたシャイルというのは、あんたの犬の名だったそうだな？」

「ああ、それもあの子に聞いたか」

アルマーイルは笑った。

当然ながら、剣士は怒った。

「人に犬の名なんぞつけやがって、どういう了見だ」

「ただの犬じゃない、私が我が子のようにかわいがっていた犬だよ。大切だったんだ。きみのことも大事にしていたつもりだったけど、お気に召さなかったかな？」

「残念ながらな。……おい、もしかしてフェリダンてのも――」

剣士は、その可能性に思い当たったらしい。じろりと睨みつけてくる。

アルマーイルは笑って首を振った。

「あの子は犬猫の類を飼ったことがないし、馬の名前でも聞いたことがない」

「ふん」

剣士フェリダンは、忌々しげに鼻を鳴らす。

「そう、ただ――」

「ただ？」

眉を上げた剣士に、アルマーイルは思わせぶりな微笑を向ける。

「ミーランの初代、ファルバルド王が、周囲から親しくその名で呼ばれていたと聞いたよ」

「……ふん」

ファルバルドの名が、かの国でどれほど誇りを持って語られるかを、まったく頓着《とんちゃく》しない剣士は、ただ肩をすくめたのみだ。

「さて、それよりも、ミーランを救ってくれたそうだね。ありがとう」

頭を下げると、剣士はまた鼻を鳴らした。

「ちょっと手伝っただけだ。あれは王さまの頑張りのたまものだよ」

「でも、相当悪い状態だったそうじゃないか。噂はここまで聞こえてきたよ」

「ありゃ性悪な諸悪の根源がいたせいだ」

「そうそう、噂といえば、トゥーランに怪物が出たとか……」

アルマーイルは口にしながら、剣士の表情を窺った。

「いにしえの竜だと言う者が多かったそうだが?」

剣士はまったく動じなかった。

「さあな」

アルマーイルはかるく息をついた。詮索しても無駄なようだ。

「さて、今日はゆっくりしていけるのかい?」

「いや、すぐ帰る。国内はまだ完全に落ち着いたわけじゃないんだ、ほっとくとあの王さまは、またすぐ眠らなかったり食わなかったり、無茶をやらかすからな。見張っててやらないとならん」

アルマーイルは目をまるくした。

「ずいぶんと甲斐甲斐《かいがい》しいんだね。私のこともそれくらい世話してくれればよかったのに」

剣士は鼻で笑った。

「おれがやらなくても、あんたの世話をする人間は何人もいるし――」

そしてその笑みは、にやりと、人の悪いものに変わった。

「おれは、自分から言い出さないやつをかまうのが好きでね」

アルマーイルも笑った。

「人が悪いなあ」

「何とでも」

こうして、再会はあっと言う間に終わりを告げた。飄々と去ってゆく剣士の後ろ姿を見送って、アルマーイルは、己れの目の確かさに、独りほくそ笑んだものである。

陽炎の国と虹をまとう星

マーザンダールは、ミーランの王家たるナウル家の嫡子である。先王の子であり、王太子でもあったが、星のめぐりによって一度は廃され、スーダール家のイスファンディールが王位にのぼると、新王によって、あらためて次の王にと指名された。齢《とし》はマーザンダールのほうが十ばかりも上なのだが、王太弟という名目になっている。

イスファンディール王の命運を「数奇な」と表してよければ、この王子の命運も同様だろう。しかし当人はいたって飄然《ひょうぜん》と、王冠をかぶる日が先になったらなったで、学究にうちこむ時間が増えたと考えているふしがある。

実際、最近では、もともと好んで探求していた天文学と占星術に加え、不老長生の術の習得にも余念がない。なぜかと言うに、次の王になるには、イスファンディール王よりも長生きしなくてはならないからである。だからといって、イスファンディール王の寿命のほうを積極的に縮めようとは考えもつかないあたり、非常に育ちのよい人ではあった。

その夜も、マーザンダール王子は天文所に詰めていた。日課の星の観測である。

「ナクシェを覆わんとしていた暗黒はすでに去り、太赤星《たいせきせい》が水宮に入るこの時期、星の運行は順調……だが」

そう上背があるというわけではないが、痩《や》せぎすなせいでひょろりと縦長に見える体つきをさらに伸ばすようにして、夜空に目をこらす。

「王の星たる太心星《たいしんせい》のかたわらに、虹《にじ》をまとう青白い星が現れた。あれは何だったたか……書物で読んだことがあるような、ないような」

そこに、通りがかった若い天文官が声をかけた。

「殿下、いつものお勤めでいらっしゃいますか」

「ああ。……そうだ、きみも目がよかったな、きみにも見てもらおう。あれだが」

マーザンダールは、最前まで自身が気にしていた星を示した。

天文官もじっと目をこらした。

「あまり大きくありませんが、虹をまとう星……ですか」

「そうだ」

「初めて見ました。何の予兆でしょうか？」

「それを訊《き》きたいと思っていた。何か記録に残っていなかっただろうか」

天文官は、困ったように眉尻をさげた。

「殿下……知識の宝庫と謳《うた》われる殿下に、わたくしのそれなど到底及びません。殿下のご存じないものを、どうしてわたくしが知っておりましょうか」

「そうか、残念だ。どこか……何かで読んだような気もするのだが」

「天文庁の書庫の書物でしょうか？」

「それが思い出せない。きみ、知らないか」

「ですから……！」

天文官は、喉《のど》をかきむしりたいような顔つきになった。

マーザンダールは、己れの言動が彼にどんな影響を及ぼしているか、まったく頓着《とんちゃく》しない。

「まあよい、心当たりを探してみよう。きみも、思い出したら教えてくれないか」

「かしこまりました」

挨拶《あいさつ》をしあって、王子は天文所をあとにした。

「なんだったかな……『天文の書』？　『星譜』？　どちらも違うな」

頭の中にうかんだことを、ぶつぶつ呟《つぶや》きながら歩くのは、いつもの癖だ。

「『星の書』、『十天書』……もしかしたら『スルール暦法』という可能性も……ふうむ」

心当たりの書名をいくつも思い返しては、記憶の内容を照らし合わせてみるが、どれもこれも『虹をまとう星』の記述とは重ならない。

「虹をまとう…虹をまとう……」

王子はいつのまにか、王宮内の一画に戻ってきていた。東翼の一棟はナウル家の住まいで、王と妃《きさき》以外の家族はそこで暮らすことになっている。マーザンダールは当然、そこに部屋を持っていた。

「おかえりなさいませ」

侍従のうやうやしい声に、王子ははたと足をとめた。

「家伝書ということがあるな」

「は?」

いきなり脈絡のないことを話しかけられて、侍従は目をまるくした。

王子はおかまいなしで続けた。

「そうだ、それが一番ありそうだ。あれは私《わたし》も一度か二度読んだきりだし」

あるじのこんな調子には、侍従も慣れている。

「さようでございますか」

と何事もなかったように受け流して、あるじの上着をとった。

探究心旺盛《おうせい》な王子は、すぐに王家の書庫に向かうと、目当ての書物を取り出したのだった。

◇◆◇

時は少々さかのぼる——。

「そなたたちのしたことは、忘れられないかもしれない。だが、私利私欲のためではなく、この国を思っての行為だったと認める。だから私は、そなたたちを赦《ゆる》そう」

イスファンディールはそう言った。他《ほか》ならぬ自国の大臣たちによってトゥーラン王に引き渡された身としては、そう宣告するのが精一杯だった。剣士の言ったとおり、牢獄《ろうごく》に入れられていた彼らを解放したときのことだ。

大臣たち、それも、よりにもよって重臣と称される面々は、一様にうなだれ、恭順の意を表した。

渇水がトゥーラン王の陰謀だったことは、考えたが、伏せることにした。大臣たちはさすがに知らないようだし――知っていたら、さすがに彼をトゥーラン王の手に渡すことはしなかった…、と信じたい――もしかしたら、彼らの忠誠を縛りつける材料になったかもしれないが、それはあまりに下種《げす》な手段だ。傍流の自分が、あまり権力をかさに着てはならない。それに、この苦難を乗り越えられたのも、剣士の助力あってこそだ。己れの力のみではないのだから。

彼らは悔い、反省し、あらためてこの国と王に忠誠を誓った。それでいい。

ともかくも、ミーランは危機を脱した。今や井戸という井戸に水が満ち、大麦の畑にも十分に行き渡らせることができた。人々は長く続いた苦しみから解放されて愁眉《しゅうび》をひらき、城下には明るさが戻ってきた。

王宮でも祝宴になった。寝かせた酒も出されたが、人々には、汲《く》みたての冷たい水のほうが美味だったかもしれない。

「イスファンディール王にすべてのいさおしを！」

「陽炎燃《かげろう》えるミーランにいやさかのほまれを！」

ことほぎの声は広間にこだまし、列席者はこれまでの憂さを払うように、大いに飲み、食べた。

長く続いた祝宴がようやく果てると、イスファンディールは部屋に戻ってきた。女官長に手伝われて衣服を替え、寝仕度を整えてしまうと、ようやく一人になる。

宴《うたげ》の席での、祝福と称賛の渦の中に置かれた耳には、かえって静寂が耳につくようだった。彼はためいきをついた。なんだかひどく疲れていて、そのくせ気がたかぶっている。この分では、寝床に入ったとて、眠れるかどうか。

そのときだ。寝室の扉を忍びやかにたたく者があった。誰何《すいか》の声をあげる前に、訪問者が呼びかけてきた。

「王さま」

剣士だ。イスファンディールは胸がざわめくのを覚えた。宴には出ていなかったが、どこへ行っていたのか。

「入れ」

「失礼する」

気楽な様子で入ってきた男は、手に酒壺《さかつぼ》をたずさえている。

「一緒に飲もうと思ってな」

「ならば、宴に出ればよかったではないか。いくらでも飲めたぞ」

「部外者がしゃしゃり出るもんでもねえだろ」

「部外者などと……。今回のことは私の手柄ではない、おまえの助けがなければ、私にはどうにもできなかったというのに」

「おれを味方につけたって時点で、あんたの手柄だ」

「……ばかなことを」

イスファンディールはほろ苦く笑った。傍若無人に見えるこの男が、あくまで自分を立ててくれるのは、面映く、くすぐったく、それでいて、己れの力量不足を思い知らされる。

しかし剣士はまったく頓着していないようで、酒壺を揺らした。

「眠れそうか？　それなら飲まなくてもいいんだぜ」

「え？」

「まだ緊張してるだろ。宴の酒にも酔えてないんじゃないか」

そんな気遣いを見せられて、どう反応していいか困る。

「緊張…はしていないと思うが」

「そうか？　ここのあたりに力がこもってる」

とんとんと、大きなてのひらで胸をたたかれる。

そのはずみに、肺に空気が入ったようで、彼はそれをゆっくりと吐き出した。

「あ……」

「おっと」

膝《ひざ》から力が抜けて、剣士に支えられた。

「ほら、やっぱり緊張してたろ」

「フェリ、ダン」

そのまま子供のように抱き上げられ、寝室に運ばれた。

剣士は彼をベッドに座らせ、酒壺はそばの小さなテーブルに置いた。

灯《あか》りがないので、室内は暗い。するとフェリダンが隣の間に戻り、燭《しょく》を持ってきた。この暗さで、しかもよく知らない部屋だというのに、足取りに迷いはなかった。よほど夜目がきくのか、それとも。

「フェリダン」

男は燭の火をランプにを移しながら応じた。

「なんだ？」

「おまえは、竜憑《つ》きなのか？」

　男は燭に顔を向けている。わずかな表情の変化にも真意を見落とすまいと目をこらすと、剣士はにやりとした。

「おれが竜憑きかどうかなんて、本当はどうでもいいことだ。おれはあんたにべた惚《ぼ》れの男、ただそれだけのものだ」

「……フェリダン」

「ただ、あんたが竜憑きの男にしか用がないってんなら、そういうことにしておいてもいい」

　という答えは相変わらず人を食っているが、イスファンディールは眉《まゆ》に力がこもるのを感じた。

「おまえはそれでいいのか。私がおまえを……、求めるのが、おまえが竜憑きだからという理由だけでも？」

「かまやしねえさ、それであんたが手に入るんだ」

「そんなばかな話があるか、人に恋をするのに、まるでその人ではなくその人の着た服に用があるようなな、そんなことが――おまえはそれでいいなんて」

「服もおれの一部ではあるだろ？」

「私がいやなのだ。おまえが竜憑きだという、ただそれだけでおまえを好きだと言う人間がいたら、私はその者を赦さない」

　そのとき胸に湧《わ》き起こった激情をそのまま言葉に乗せると、フェリダンはきょとんとした。

「……王さま」

「なんだ」

「おれの耳がいかれてるんでなければ、だけどな」

「なんだ？」

「そいつは、ものすごく――熱烈な告白に聞こえたんだが」

「熱――」

ここにいたって、イスファンディールは己れの発言をかえりみた。この剣士が竜憑きだという理由で彼の愛を求めるものがいたら赦さない、などと、自分はどうしてそこまで腹が立ったのか。

「………」

「どうなんだ、王さま？」

「……帰る」

「待てよ、ここはあんたの部屋だろ」

男は笑いながら彼の腕をとる。

「王さま」

柔らかく抱き寄せられて、イスファンディールはうつむいた。

「私は……男だ」

「知ってる」

つむじのあたりにキスされる。

「おまえも、男だ」

「そうだな」

「私には妻がいて――」

「ああ、聞いてるよ。やさしいひとだったんだってな」

今は亡きひとを語る剣士の声こそやさしくて、胸が痛くなる。

短い結婚生活だった。おさななじみで、家同士で決められた相手で、彼女に対して、燃えるような愛情をそそいでいたとは言えないが、やさしく、あたたかく包みこんでくれる女性として、誰《だれ》よりも愛していた。くちづけも抱擁も彼女のためのものだった――目の前に、この男が、現われるまでは。

それがひどく不実な、彼女に対する裏切りのような思いがするのは当然だ。

剣士は、その葛藤《かっとう》を見通すように、背をとんとんとたたく。

「だからきっと、おれがあんたに横恋慕したのも、あんたがおれにほだされたのも、赦してくれるよ」

「そんな…こと……」

「きっとそうだよ」

そうささやく男の声は、あくまでやさしい。それを言い訳にしていいから、たぶらかされたことにしていいから、自分を悪者にしていいから——そうそそのかしているようだ。

その声に従えばこの胸の痛みから解放されるとわかっても、イスファンディールには、うなずくことができなかった。それではあまり、この男に、そして何より、やさしかった彼女にすまない。

美しい面影がまぶたの内によぎり、ほろりと、涙がこぼれた。

「……！」

とっさに男の腕から逃れようとしたが、見通したようにいっそうの力で抱き寄せられる。

「泣かないでくれ」

耳にすべりこむのは、やさしいささやき。

「違う…これは、泣いているわけでは」

イスファンディールは、無駄と知りつつもがいた。王たる者、かるがるしく涙を流したなどと知られるわけにはいかない。それでなくとも、慰められたいわけでも、なだめられたいわけでもなかった。この涙が、何のために流れたのか、自分でもわからないものを。

「……はなせ……」

頭上からは、悠然たる声が降ってきた。

「大丈夫だ、見えてない」

つい数日前、並んで中空に身を引き上げられながら、世界は美しいと教えてくれたのと同じ、真摯《しんし》な声だった。

「王が人に涙を見せるわけにいかないなら、よそもののおれの前で泣けばいい。いつかいなくなると思えば、弱みを握られたとも感じなくてすむだろ」

「フェリダン……」

「思う存分、泣いていいぞ。誰も見てないから」

促されるように背をさすられて、イスファンディールは子供のように泣いてしまった。一度堰《せき》を切った涙は、あとからあとからあふれて、剣士の服をぬらした。

それはまるで、自分の中にある哀《かな》しみや痛みを、この男が吸いとって肩代わりしてくれるように感じられたのだが――このとき、自分はもっとこの男の言葉の意味を考えるべきだったということに、このとき、彼はまだ気付いていなかったのである。


「王さま」

その日、執務室にフェリダンがやって来た。大剣をたずさえているのはいつも通りだが、丈夫そうな革の袋と、丈の長い日よけのマントを肩にかけている。旅支度だ。

「発《た》つのか」

「ああ。早めのほうがいいだろう」

「頼む」

フェリダンには、イールハーンへの使いを頼んだのだった。そもそも、この男がミーランに来ることになったのには、かの国から遣わされてきたという事情がある。使いに出したのはアルマーイルという貴族で、イスファンディールの、母方の伯父にあたる。

「伯父の印章指輪は持ったな？」

「ああ」

「では、気をつけて。いつごろ戻る？」

「往復の道だけで半月はかかるな。なるべくすぐ帰ってくるつもりだが、アルマーイルに引きとめられたら、もう少し先になる」

イスファンディールは眉を上げた。

「半月もかかるか？」

フェリダンは笑った。

「なんだ、そいつは、おれに一日も早く帰ってきてほしいっておねだりか？」

「そういう意味では……！」

「わかった、アルマーイルがあの手この手で引きとめても、死ぬ気で振り払って帰ってくるから、それまで辛抱してくれ」

ぽんぽんと頭を撫《な》でられまでして、子供扱いを怒るより前に、はぐらかされたと感じた。言葉の意味をすりかえられたのだ。おまえなら——おまえのふしぎな力なら、ほんの数時で行って帰ってくることも可能なはずだ、という意味を。

つい先日には、どんなに健脚でも五日はかかるトゥーランからの道のりを、ほんの四半時で飛び越えてきたのに。

フェリダン自身が、それに気付かなかったはずはない。はしばみ色の双眸《そうぼう》が、イスファンディールを見つめて、わずかに硬質にきらめいた。その色合いに、黙っていろと制された気がして、口をつぐむ。

釈然としない気持ちが表情に出たか、剣士は苦笑して、彼の肩に手を置いた。

「なるべく早く戻る」

「……ああ」

顔をのぞきこまれた。今度は甘い光をたたえたはしばみ色の瞳《ひとみ》が、イスファンディールを映している。

くちづけされるかもしれない、とわずかに緊張すると、剣士は呟いた。

「あんたの眼《め》は、雨上がりの新緑みたいだな」

彼は目をみはった。砂漠地帯では雨期にしか見ることができない、雨にぬれて、いっそう色鮮やかになる若葉の、あの美しさを思い返して、それになぞらえられたことが面映くなる。

「行ってくる」

そのまま剣士は何もせず、そう言って部屋を出ていった。

その背を見送り、また執務に戻りながら、イスファンディールは二重にもやもやしたものを胸に抱えていた。

◇◆◇

月が明けると、トゥーランから黄金が届けられた。

イスファンディールとトゥーラン王ザッハートの間で取り決められた、トゥーランから支払われる賠償金の一部だ。月に黄金四百二十カラクの歳入は、先の渇水で国庫をほとんどからにしてしまった今、非常に貴重だった。

と同時に、イスファンディールはくやしさも覚えた。それだけの金をぽんと払って痛くもかゆくもないトゥーランは、やはりミーランとは国力が違う。

かの国がこの国を呑《の》みこもうとしたら、おそらく、一瞬のことだ。そうしないのは、ひとえに、初代ミーラン王となったファルバルドとの契約のせいだった。ミーランが正当に独立を勝ち取り、トゥーランがそれを認める契約書に署名した以上、それを武力によって再度併合するのは、契約違反であり、王者のふるまいではない。だから姑息《こそく》な手を使ってでも、ミーランから援助を求めてきたという体裁をとりたかったのだ。それなら表沙汰《おもてざた》にならない限り、他国からそしりを受けることもない。

まったく、思い出すだに腹立たしい。

イスファンディールは、トゥーランに送り返す受領書に署名しながら息をついた。

ともあれ、この黄金は有効に使わなくてはならない。国庫からは、金銀だけでなく、宝物もずいぶんと持ち出してしまっている。ファルバルド王の遺物もあったので、できるだけ買い戻しておきたい。

陽《ひ》が落ち、夕食も執務室で簡単にとっただけのイスファンディールは、まだ机に向かってペンを執っていた。

この半年の渇水は、ミーランを根底から揺さぶるような大事件だった。作物の収穫ががくんと落ちこんだこともそうだが、近隣から水を買うための出費は大変な額になって、財政を立て直すのが急務だ。トゥーランからの賠償金で、おおむね取り戻せるとはいえ、それも一度に支払われるわけではない。

つまり、まとまった金額が入ってくるのはまだ先のことで、それまでは乏しくなった国庫でやりくりするしかないのだ。

報告書に目を通していると、ランプの灯《ひ》が頼りなく揺れた。イスファンディールは人を呼び、油を注ぎ足すよう言いつけた。

やがて、ひかえめに扉をたたく者があった。油が来たようだ。

「入れ」

声をかけると、入ってきた影は、小者のやせた体ではなく、たくましい体軀《たいく》を備えていた。

「フェリダン――」

先日、イールハーンへの使いから、日程どおり二週間で帰ってきた男は、かの地での滞在期間は短かっただろうに、またあらたな話題の種を仕入れてきたと見えて、あちこちで話をせがまれていた。それにつれて彼と顔を合わせることは少なかったのだが――彼自身が政務に忙殺されていたということもある――まさか今ここに来るとは予想だにしておらず、ややうろたえると、剣士は眉を寄せた。

「まだ働くつもりか？　何時だと思ってるんだ」

「……もう少し、これを読み終わったらやすむ」

「だめだ。今すぐだ」

「フェリダン」

ペンを取り上げられ、抗議の声をあげるひまもなく椅子《いす》を引かれ――座ったまま椅子ごと運ばれそうな強さだった――抱き上げられた。

「フェリダン！」

「あんたがここで数刻寝たくらいで、大勢に影響はないだろう。むしろ、寝不足の頭であれこれ考えるより、いい案がうかんでくるかもしれない。寝ろ」

「わかった、寝る。だからおろせ。自分で――」

「いいよ、運んでやる」

男は気安い調子で応じて、彼を寝室へ連れていった。

ベッドに横たえられ、履き物を脱がされて、ああ、このまま抱き合うつもりなのか、とちょっと身構えたとき、剣士は何の含みもないようにおやすみを言って、上掛けをかけた。

そのまま退《さ》がろうとするのを、慌てて呼びとめていた。

「フェリダン――」

「なんだ？」

なんだと問われても、特に言いたいことがあったわけではない。

　まして、しないのか、などとは、言えるわけがない。

「王さま？」

「……気が張って、眠れない。もう少しここにいてくれ」

　口からでまかせにそんなことを言うと、男は戻ってきて、ベッドの端に腰をおろした。

「何か飲み物でも持ってこようか？」

　前髪をかきやられ、額にふれられる。その手つきはあくまでやさしく、子供が熱でも出したかと確かめるような風情だ。

「おまえが何か話をしてくれたら、それでいい」

「眠くなったら、途中でもちゃんと寝るんだぞ」

「わかっている」

　イスファンディールは横になり、上掛けを胸まで引き上げた。

「話ねえ……何を話そうか。何が聞きたい？」

　見聞が広く、その気になれば、一晩中でも語る内容に困らないだろう男は、要望をつのってきた。

　イスファンディールは口をひらいた。

「竜憑きとは……何だ」

　その唐突な問いに、剣士は笑った。

「なんだ、結局、それが訊きたいのか？　よっぽど知りたがりだな、王さま」

　しかし今夜ははぐらかすつもりはないようで、ちゃんと答えてくれた。

「おれの生まれたところで語られてたことだ。このあたりでは違うのかもしれんが、いいな？」

「ああ」

「竜は天界の生き物だ。おれたちの住む世界っていのは、平たい大地を、半球形の金剛石の丸屋根が覆っ

てる。その丸屋根の外側が天界だ。そこまではわかるな？」

イスファンディールはうなずいた。

王宮の丸屋根は、その天球を模したものだと言われていた。王は世界の代表として、天界の神々に向き合うということを象徴的に表している。

「竜は、この世界がまだ卵だったときに、それを孵《かえ》したモルグ竜――これは竜の中でも別格だが――その眷属《けんぞく》で、いつも人々の世界を気にして、金剛石の天蓋《てんがい》のあたりをうろうろしてる。たまたま、天蓋に割れ目があったんだかできたんだか、そこから落ちてくることがあるんだそうだ。竜憑きってのは、そうして落ちてきた竜が、地上で選んだ相手さ。竜は寂しがり屋だから、連れをほしがるんだ――死ぬまで一緒にいる相手を」

「死ぬまで……」

「竜の寿命が何年あるのか知らないが、長いとは言うな」

イスファンディールは訊《たず》ねた。

「……二百年くらい？」

フェリダンはしばらく黙りこんだかと思うと、ひょいと肩をすくめた。

「かるく超えるだろうな」

イスファンディールは思わず嘆息した。どうあがいても百年は生きられない人間と比べて、それはなんて長い年月なのだろう。

「それで、竜憑きとはどんなものなのだ？　その……おまえの知っている範囲でかまわないが」

剣士は淡々と数え上げた。

「風邪をひかないし怪我《けが》がすぐ治るし、とにかく頑丈だ。眠らなくても平気だし、飢えにも渇きにも強い。そもそも竜が憑いてる時点でべらぼうな力があるし、たいていのことはその神通力で何とかしちまう。老けこまないし長生きだし――」

　そこで言葉は途切れた。イスファンディールが視線で続きを促すと、ほろ苦い笑みをうかべる。

「……まあ、あんまりいいものじゃないだろうな」

　イスファンディールは目をみはった。体が頑健で飢餓や不眠にも強いとは、うらやむべき性質ではないか。つい半年前の疫病と、立て続けの渇水で、いったい何人の命が失われたことか。病魔に脅かされないというだけでも、神ならぬ身には、夢のような話なのに。

　そう口をひらきかけたとき、剣士はいやに明るい声でそれをさえぎった。

「さあ、おしゃべりは終わりだ、王さま。あんたは、人の話してる間は寝られないたちらしいな？　今すぐ目をつぶるんだ、すぐ眠れるぞ」

「フェリダン――」

「あんたの話は明日聞くよ。目をとじて」

　大きな手が、目元にかざされた。暗がりに慣れた目に、真の闇《やみ》が訪れた。

　その途端、急激な眠気を感じた。まぶたが重くなって、頭がぼんやりしてきて、耳が遠くなる。

「おやすみ」

　男の、低めた声を聞いたのを最後に、イスファンディールは眠りの世界に漂いだしていた。


　イスファンディールは悩んでいた。

　昨夜、寝るのが遅くなったことを心配した剣士に寝かしつけられたとき、このまますするつもりなのか、とか、しなくていいのか、とかと考えてしまった、その理由というのに悩んでいる。

肌を重ねたのは一度きりで、フェリダンから求められてのことだった。あのとき、なぜ受け入れてしまったのか、今考え直すと、それがそもそもわからない。

いやだとは、思わなかった、と思う。それがなぜなのかがわからないのだ。

自分は男だった。フェリダンも男だ。あんなことは、男同士でするものではない。

それなのに、なぜ自分は、昨夜、このまますするつもりなのか、と考えたのだろう。……しないでいいのか、と考えたのだろう。

それは、裏返せば、することを予想――もしくは期待――していた、ということではないのか……？

脳裏にちらとひらめいた考えに、イスファンディールは頭を振った。

だめだ、と思う。確かにフェリダンは好ましく、男らしく、さっぱりとした気性で、腕も立ち、頼りになり、どういうわけか彼をかまい、あまつさえ恋人同士のようなくちづけと抱擁、愛撫《あいぶ》をくれるが、それでもだめだ、と。

自分は、あの男のことを、何も知らないのに。

竜憑きなのか、と訊ねた。

そう思うのか、と訊ね返された。どうでもいいことだ、とはぐらかされ、あるいは、竜憑きにしか用がないならそういうことにしておく、とも言われた。

剣士は、本当のことを、何ひとつ言わない。彼は、あの男のことを、何ひとつ知らない。おれはあんたにべた惚れの男、などと言われたところで、それをどのくらい信じられるだろう？

逆を考えると、本当のことを話してさえくれれば、自分はそれを信じられるのだろうか？　話してくれたことが真実か否かを、見極められるとも限らないのに？

彼は力なく首を振った。

本当のことを話してくれるかどうかが問題なのではない。はぐらかされることが歯がゆいのだ。話せないことなら話せない、話したくないなら話したくないと言ってくれればよいのに。

それでも自分は、きっと知りたくて、話せない、話したくない理由は何なのかと訊ねてしまいそうだが。

――そう詮索《せんさく》してしまうこと自体、余人に対してはそうないのだけれど。

思索は自らの魂を磨くことだ、とよく父が言っていたことを思い出す。どんなことでも、考えることは視野を広げる。たとえ袋小路をうろうろするようなことでも、そのとき己れがそう考えたこと、多方面からものを見ようとしたことは、無駄にはならない。

物思うことは人の迷惑にならない、いくらでも、好きなだけ、するといい。そう言っていた。

父の声が耳によみがえった気がして、彼はふいになつかしさにとらわれた。父が亡くなって五年がすぎた。最近は忙しさにかまけて、父の言葉を思い返すこともなかった。

イスファンディールは、ふと思い立って、外出する仕度をした。気分転換に、たまに王宮の外の空気を吸ってみるのも悪くないだろう。

あまり大げさにするつもりはないので、侍従と女官長にだけ告げて出ようと思ったのだが、それはさすがに反対された。

「危のうございます、お一人でなどと」

忠実な女官長、サーレは、子供を叱《しか》るような様子で眉をひそめた。

「兵とは申しませんが、お供をお連れくださいませ、でなければ外出をお控えいただきますよ」

「こっそり行って、帰ってくるだけだ。そんなに遅くならずに戻る」

「それでもでございます。なんでしたらわたくしが」

「そなたは、昨日ころんだ膝が痛むのだろう。無理をするな」

「まあ、陛下にお気遣いいただくなど、もったいない。では、誰か」

「サーレ、おおごとにしたくないのだ」

そう言いかけたとき、ひょいと顔を出した者があった。王宮に仮寓《かぐう》する王の客、剣士フェリダンだ。

「ああ、シャイルさま、ちょうどよいところへいらっしゃいました」

途端に愁眉をひらいた女官長に、イスファンディールはふしぎな思いがした。

彼自身はフェリダンと呼んでいるこの男を、彼女は、いまだにシャイルと呼ぶ。それはこの剣士が初めてこの国に来たときに名乗った名であり、まちがいではないのだが、イスファンディールには、別人のような思いがするのだ。

なぜかと考えて、彼にとって剣士はすでに、彼のつけたフェリダンの名のほうになじんでいるのだと気がついた。

おれに名前をつけてくれ、と、そのときまだシャイルだった男は言ったのだった。あんただけが呼ぶ名前だ、と。

あんたにその名で呼ばれたら、おれは何でもしてやる、と。

――あんたのフェリダンが、何でもしよう。

甘い言葉、意味ありげに低められた声音を思い返し、気恥ずかしくなる。この放浪の剣士を、自分のもの、と認めるには、まだ居直れない。

「——というわけでございまして」

「ああ、それならおれがついていこう」

イスファンディールの耳に、二人の会話が入ってきた。どうやら、サーレは彼が独りで出かけようとしているのを、この男に訴えたらしい。そこで剣士は自らが供を買って出た、と、こういうわけだ。

「シャイルさまがお供についてくだされば、わたくしも安心ですわ」

心底ほっとしたような女官長に、

「そんなに私は頼りないのか」

ともれたためいきが、我ながら不満そうだった。

フェリダンはこちらを見て、ちょっと笑った。

「あんたが頼りないんじゃない、おれたちがあんたを大事にしてるだけだ」


隣でサーレが大きくうなずいている。

「さようでございますとも、陛下はミーランにただ一人の、大切なおかたなのですから」

そんなわけで、イスファンディールは剣士一人を供に、半ばこっそりと街へ出たのだった。


「ここが、あんたの生まれた家か？」

フェリダンの問いには、いくらか驚きの響きがあった。

王宮から東の目抜き通り沿いに、やや歩いた場所に、その家はあった。白塗りの壁はきちんと手入れされているが、しんと静まり返って、どこか寂しそうに見える。たたずまいはといえば、持ち主が商人だとするならば、あまり金儲《もう》けに熱心ではないらしい、と推測される程度のもので、つまり、広さこそ十分にあるが、金で彩られた華美な門飾りなどはなく、いたって質素なつくりだ。このあたりでは一般的な家屋は、外から見れば箱型で、通りに面した壁には小さな明かり取りの窓しかなく、光は建物で囲いこむようにもうけた中庭からとるのは、強烈な陽射しをやわらげる工夫だった。

　イスファンディールは、日よけのかぶりものの陰から苦笑した。

「小さい家で驚いたか？」

「……とは言わないが、まあ、な」

「話したろう、私のスーダール家は傍流だ。父も蓄財に熱心ではなかった。この家に親子三人と使用人が数人で、十分だったのだ」

　漆喰《しっくい》を刻みこんで花綱を描いた門をくぐり、二人は中に入った。

「――まあ、陛下」

　掃除をしていたとおぼしき中年女が、驚いた声をあげた。塵《ちり》よけの前掛けをはずし、たくしあげていたスカートの裾《すそ》をおろして、深々と礼をとる。

「お帰りなさいまし、イスファンディール陛下。お久しゅうございます」

「ただいま、トーケ。元気そうだね」

　イスファンディールは、むかしからこの家で働いていた彼女にかるい抱擁の挨拶をした。両親はすでになく、きょうだいもなく、親族とも深いつきあいのない自分にとって、彼女は身内と呼べる貴重な存在だった。

「陛下、お客さまでいらっしゃいますか？」

「ああ。フェリダンという、私の……友人だ。フェリダン、彼女はトーケ、むかしからこの家に仕えてくれた者だ」

　簡単に紹介すると、剣士は人好きのする笑みを見せた。

「よろしく」

「こちらこそ、お見知りおきくださいませ。外はお暑うございましたでしょう。ただいま、お飲み物をご用意いたしますね」

「トーケ、そなたの夫はどうした？」

「はい、今日は中庭の壁を塗り直しておりまして。すぐに呼んでまいります。どうぞお居間へ」

「ああ、勝手に行く、かまわないでくれ」

我が家のこととて、台所に向かうトーケとは別に、居間へ移る。

フェリダンもついてきた。

家族の居間は、もとのままだった。長椅子が一対、卓《たく》をはさんで据えられている。どちらも糸杉の木目が美しく、長椅子などは、肘掛《ひじかけ》の手のあたる部分はことにつやが出て、とろりと光っていた。


イスファンディールは、それをなつかしく眺めた。この家で生まれ、育ち、王宮にあがるまで毎日眺めていたものだ。

長椅子のこちらがわには父が、その隣には母が腰かけ、むかいがわに自分が座るのが常だった。妻をめとってからは、父の場所に自分が、母の場所に妻が座った。両親が健在だったのは七年前まで、父が亡くなったのは五年前だ。妻が亡くなったのが半年前で、自分はよほど、身内の縁に薄く生まれついている。

ほろ苦いものが、表情に出ていただろうか。フェリダンが口をひらいた。

「ここには、何歳までいたんだ？」

「二年前……二十歳までだ」

「てことは、今二十二か。若いな、王さま」

それは、未熟だと笑われた気がする。

「そういうおまえはいくつなのだ」

「おれか？　おれは——」

答えかけた男は、ふと口をつぐみ、にやりと見返してきた。

「いくつに見える？」

イスファンディールは口を結んだ。

「……私より年上に見える」

フェリダンは笑った。

「正解だな」

そこへ、トーケが手を洗うバラ水と飲み物を運んできた。

「お待たせいたしました」

あとに続いて入ってきたのは、初老の男だ。日焼けした顔をくしゃくしゃにして笑っている。

「お久しゅうございます、陛下。お出迎えもいたしませず、申し訳ございません」

「ジャムス。元気そうで何よりだ」

トーケの夫で、彼女と同じ、長年この家に仕えてくれていた従僕だ。

「変わりはないか？　水がないときは、こちらも大変だったろう」

「ええ、まあ、それはいたしかたないことでございますよ。それでも陛下のおはからいによって、水汲み場にも毎日水を出していただいておりましたから、ましでしたよ」

「そうか。それならよかった」

聞けば、ジャムスは中庭に面した壁の漆喰を塗り直していて、彼の来たのに気付くのが遅れたのだという。二人は、この家の管理をよくしてくれているようだ。

卓にバラ水のボウルが置かれ、イスファンディールは先にフェリダンにそれを使わせた。裏庭の土中に埋めた甕《かめ》に水をため、そこにバラの花をうかべたものは、その香りと冷たさで、客のもてなしに欠かせないものだ。

剣士がそれで手を洗うと、トーケが手ふきを差し出した。

続いてイスファンディールが手を洗うと、ボウルがさげられ、代わりに飲み物が置かれた。よく冷えた水だ。

フェリダンはうまそうにそれを飲んだ。口元に笑みがうかんでいて、それがいつもの、少し人が悪く、いたずらっぽく、皮肉っぽいものとは違って、あたたかく、穏やかだ。その表情に、彼はどきりとした。

おまけに、目が合ってしまった。

「……その」

気まずいような、気恥ずかしいような気持ちで、思わず視線をそらせる。

剣士は愉快そうに笑った。

「自分の家だろ、なんであんたが緊張してるんだ」

「……誰のせいだ」

イスファンディールは窓の外に視線を流した。

そこからは中庭が見えた。刈りこまれたバラのしげみに、仕事に戻っていったジャムスの背中が見え隠れしている。

かたわらに控えていたトーケが、彼らを見比べながらそわそわしていたが、やがて思い切ったように口をひらいた。

「ところで陛下、失礼ながら、フェリダンさまとは、どちらでお知り合いに――」

友人、などと紹介したものの、この家にいるときにも友人は限られていた上に、王宮ではさらに、そう呼べる人間をつくれるとは考えていなかったのだろう。まして、フェリダンの放つ雰囲気は、イスフアンディールの持つそれとは、あまりにかけ離れている。大臣という様子でも、官僚というがらでもなく、かといって、近衛兵《このえへい》というたたずまいでもない。

「ああ……ええと」

イスファンディールは説明に困った。最初から話すと長い気がする。が、どれもはぶけない内容だ。だから、思い切って簡略化してみた。

「イールハーンのアルマーイル伯父の友人で、私の恩人だ」

「恩人――」

トーケは目をみはった。

「危ないところを、助けてもらったのだ」

「まあ…そのような大切なおかたとは存じませず、失礼をいたしました。わたくしからも、お礼を申し上げます」

彼女は深い礼をとった。

「いや」

フェリダンは苦笑する。

トーケは、何があったのか知りたそうな顔つきだったが、それはさすがに話せなかった。水が涸《か》れたのはトゥーラン王の陰謀だったとは、大臣たちにも言っていない。剣士もそのあたりは理解してくれているようで、話そうとはしなかった。

トーケは問いの言葉を継いだ。

「アルマーイルさまは、お元気でいらっしゃいましょうか？」

フェリダンは眉を上げた。

「元気だが、アルマーイルを知ってるのか？」

「はい。わたくしはこちらの奥さま……イスファンディール陛下のお母さまが、イールハーンからこちらにお嫁入りされるときについてまいった、侍女でございますから」

「そうだったのか」

うなずくフェリダンの前で、イスファンディールも思い出していた。それから二十数年、トーケは本当に長いことよく働いてくれている。

「てことは、王さまが生まれる前からこの家にいるってことだな」

「はい」

フェリダンは、彼の成長をつぶさに見て知っている彼女に、こんなことを訊ねた。

「王さまは、けっこう無茶《むちゃ》をする人か？」

「フェリダン！」

何を言い出すのかとイスファンディールは慌て、トーケはきょとんとした。

「無茶…と申されますと」

「ひとつのことに根をつめたり、自分一人で背負いこんだり、そういうことさ」

「さようでございますねえ……それはそれは真面目《まじめ》なおかたでいらっしゃいますから。お小さいころから、書物に夢中になると、お食事をお忘れになることがございました」

「それ、一度二度じゃないんだろう」

「ええ、よくございました」

トーケはにこにこしているが、イスファンディールはためいきをついた。剣士はきっと、子供のころから成長がないとでも思ったろう。しかたないではないか、夢中になると、時が経《た》つのを忘れてしまうのだ。食事などしなくてもかまわないとかるく考えているわけではなく、食事のことが頭から抜け落ちてしまうのだ。

「誰か呼びにいかなかったのか？」

「参りましたとも。ところが若さまは、まるでかくれんぼをなさるように、お部屋以外の場所でお読みになっていらっしゃるのです。それも、昨日はこちら、今日はあちら、と、日替わりで」

「……邪魔をされたくなかったのだ」

と、イスファンディールは小声で弁解した。

二人は談笑を続けている。

「そりゃ、隠れ鬼が上達したろう」

「ええ、おかげさまにて」

「根をつめるところは今でも変わらんが、隠れはしなくなったようだな？」

にやりと人の悪い笑みを向けられ、こちらも苦笑がもれた。

「もうしないよ。王宮は、隠れられる場所はそうない」

すると、フェリダンはふと真顔になった。

何かおかしなことでも言ったろうかと自身の発言を反芻《はんすう》していると、剣士はトーケに告げた。

「ああ、仕事の邪魔をしていたんだっけな。こっちはかまわなくていい。有意義な話をありがとう」

人なつこい客の急な変化に、トーケは何か感じ取ったかもしれないが、表面上は何事もなかったかのように腰をかがめた。

「とんでもない、それでは、失礼いたします」

彼女の小さな足音が遠ざかり、イスファンディールは客に向き直った。

「フェリダン――」

急にこの男のまとう空気が変わった思いがして、落ち着かない気分だ。自分は何か、フェリダンにとってひっかかるようなことを言ったのだろうか。

男は水を飲んだ。

「あんたはむかしっから頑張り屋だったんだな」

そう言う声は平素と変わりないようだが。

イスファンディールは注意深く答えた。

「父が知人から借りてくれたものも多かったから、急いで読まなくてはと思っていたのだ」

「なるほど」

そうして微笑したまなざしが思いがけずあたたかくて、気恥ずかしくなる。彼は視線を、卓上のボウルのバラの花に移した。

「あんたの母君は、アルマーイルの妹だったんだよな？」

「そうだ」

「美人だったたって聞いたが――」

「伯父はそんなことまで話したのか」

「ああ。あんたのことも、きれいな子だとほめそやしていた」

「伯父上……」

イスファンディールは、はるかイールハーンにいる伯父に、苦情を申し立てたくなった。男をきれいなどと表現するとは、まして、完全に子供扱いするとは、立場がないではないか。

「で、母君は、父君とはどうやって知り合ったんだ？」

「父は、イールハーンに遊学中、母と知り合ったらしい。滞在中に結婚を申し出て、母が受けたので、連れて帰ってきたそうだ。国の親族は反対したが、押し切ったらしい。おかげで親族とは疎遠になったが、べつだん困りはしなかったようだ」

「男前だな」

フェリダンは、皮肉な調子でなく感嘆した。イスファンディールはうなずいた。

「父からは、金銭的な豊かさを得られなかったとしても、精神的な豊かさを失ってはならないとよく教えられた。金銭は、苦労しても得られないことはまあるし、逆に、何もせずに転がりこんでくることがある。他人からの評価が、それにつれて高まったりおとしめられたりするのも、つまらないことだ。けれど精神的な豊かさは、一度身につければ、失われることはない、と」

剣士は深くうなずいた。

「立派な親父さんだ」

「ああ。厳格な父だったが、旅先で出会った美しい人に求愛するほどの情熱を持った人だったのだな。その話を聞くまで、父がそんなことをする人だとは、とても思えなかったのだが」

「恋ってのはそういうもんだろ」

「私にはわからない」

「あんたはお妃とどうだったんだ?」

「彼女とはおさななじみだ。大きくなって、否《いな》やがなかったら結婚させようと父親同士が決めていて、そのとおりになった。ずっとそばにいて…、そばにいることがあたりまえすぎるほどだったので、父のような激しさは知らない」

今もこの胸の内に住む彼女は、美しく、やわらかく、あたたかい。一片のほほえみで心がなごむ、花のような、泉のような人だった。

剣士はにやりとした。

「気をつけろよ。これから知ることになるかもしれないぜ」

イスファンディールは、それがこの男一流の冗談だと思った。

「おどかすな」

だが、笑いながら見返した剣士のまなざしが、思いがけず鋭かった。はしばみ色の双眸が、金色にきらめいたのは、光の映りこみか、目の錯覚か?

これは、まるで——そうだ、まるで、この男の連れているハヤブサの、猛禽《もうきん》の眼ではないか。

我知らず、緊張が走った。

最近、いつもそうだ。フェリダンはたまに、こんな眼をする。それを見ると自分は、射すくめられたように――文字通り、猛禽にねらいをつけられた獲物のように――逃げなくては、と感じながらも、身動きとれなくなってしまうのだ。

何を警戒することがあるのだろう？　この男……ミーランを危機から救い、トゥーランまで彼を連れ戻しにきてくれた男が、彼を傷つけることなど、ないというのに。

しかし、緊張感は須臾《しゅゆ》のこと、男はもういつものように飄々とした顔つきで訊ねた。

「あんたの小さいころか……。さぞかし賢くてかわいい子供だったんだろう」

「どちらも自分ではわからないな。本を読むのは好きだったが」

「なあ、王位に就いてなければ、何をしてた？」

「何を……？」

イスファンディールは首をかしげた。

もし星のめぐりで王冠をかぶっていなければ、何をしていただろう。幼いころの自分は、何になりたいと考えていた？

答えはふいと唇からこぼれていた。

「……旅がしたいと思っていたな」

「旅？」

フェリダンは意外そうに目をまるくした。イスファンディールは苦笑する。

「父が、若いころイールハーンに行ったりトゥーランに行ったりしたときの話を、よくしてくれたのだ。世界は広い……見たことのないもの、聞いたことのないものを、私も自分の目で確かめてみたいと、そう夢見ていた」

「夢？」

「そう。夢だよ」

王となり、ミーランを危機から救うという使命を負っていては、旅などままならない。いつその使命から解放されるかわからない今の時点では、それは夢でしかない。せめて、旅に堪える体力のあるうちにかなえられたらよいのだけれど。

「なあ」

フェリダンが手を伸ばしてきた。大きな手は、そのまま彼の頬を撫でる。

「夢なんて言うなよ。せめて先の楽しみって言っとけ」

また真顔になった、と、イスファンディールは男の顔を眺めた。

きっとこの放浪長い剣士は、夢、と、その言葉を使ったことが気に入らないのだろう。それは、「先の楽しみ」に比べれば、確かに、かないにくいもの、なかなか実現しないもの、という意味合いが強くなる。口にすることで、さらに真実味が増すとしたら、避けたほうがいいと考えるのも当然だ。

イスファンディールはほほえんだ。

「そうだな。先の楽しみだ」

「よし」

フェリダンは満足そうに笑った。

「その割に、王さまはおれに異国の話をせがまないな。女官長なんて、あれこれ訊いてくるのに」

「あらかじめ聞いてしまったら、自分で見る楽しみが薄れるではないか。おまえは、私の楽しみを奪うつもりか？」

「ああ、なるほどな。そういうわけか」

「そういうわけだ」

何とはなしに目を見交わして笑いあって、気がつくと、けっこうな時間がすぎていた。

イスファンディールは、名残惜しくも、ジャムスとトーケの二人に別れを告げ、王宮へと戻った。

通りの両脇《りょうわき》につらなる露店で、威勢のいい売り子の呼び声を聞くともなしに聞いていると、かたわら、半歩遅れて従う剣士が、独り言のようにささやいた。

「王宮には、隠れられる場所はそうない、とあんたは言ったが――」

イスファンディールは振り返った。

「隠れたくなることが、まだあるのか？」

「……フェリダン」

彼はほろ苦い笑みを口の端にうかべた。隠れたいことがあっても隠れるわけにはいかないし、王宮は人目が多すぎて、誰かしらにすぐ見つかる。隠れられる場所がない、とは、そういう意味だ。

フェリダンは真正面から瞳の奥をのぞきこんでくる。

「隠れたくなったら、いつでもおれに言え。また空に連れていってやる」

イスファンディールは目をみはり、ついで、こらえきれない笑みをうかべた。

「楽しみだ」

「必ずだぞ」

「ああ。頼むよ」

胸の内を風が通り抜けたような、すがすがしい心地で、王宮のあるじは、つかの間のお忍びから王座に戻ったのだった。

◇◆◇

イスファンディールが、王宮でたまたま見かけたマーザンダール王子を呼びとめてしまったのは、まさにそんなことがあった次の日のことだった。

「竜憑き、ですか」

王子は目をしばたたかせた。この話題が唐突であったらしいことが窺《うかが》われた。

「もし何かご存じでしたら、教えていただきたいのですが……文献なりと」

「そうですね……」

マーザンダールは、骨ばった指で顎《あご》をさすった。

「ミーラン王家からも、竜憑きが出たことがあります。もう何百年も前のことですが」

イスファンディールは驚いた。

「なんですって――」

「ミーランがトゥーランの属州だったころ、ですから、まだ王家とは呼ばれていなかったときのことです。ナウル家に、そう伝わる人物がいます」

「初耳です」

「それは当然でしょう。陛下はナウル家の出ではいらっしゃらないのですし」

そう言われて、口調が恬淡《てんたん》としているだけによけい、胸を針でちくりと刺された心地がした。傍流のくせに、と侮られた思いがするのは、わかっている、自分自身の劣等感だ。マーザンダール王子のほうは、そんなことを気にもしていない。

「くわしいお話をお聞きしたいものですが、お時間は？」

「ええ、もちろん」

快諾を得られたので、彼は居間に王子を招いた。女官に冷たい飲み物などを用意させ、勧める。

マーザンダールは、長椅子に腰を落ち着けると、レモン水をひとくち含んで、話し出した。

「偶然ですが、ちょうどナウル家の家伝を調べておりました。当家から竜憑きが出たことがあるとすぐにお答えできたのは、そのせいです」

「そうでしたか」

「最近のことですが、天文を見るに、虹をまとう青白い星が現れて、太心星に寄り添っています。その星こそ、竜の象徴らしいのです。過去に一度しか記録に出てきませんが」

イスファンディールはどきりとした。

太心星は、占星術では、王に擬される星だ。最近現れた、そのかたわらに寄り添う竜——とは、まさに、最近現れて彼に付き従う剣士、フェリダンのことではないのか。

彼の動揺に気付かぬように、王子は続ける。

「虹をまとう星が天に現れたという記述があるのは、一族のとある男子が竜憑きになったと言われたのと、時を同じくします。そして、その一度きり、出てきません。ナウル家に限らず、このミーランから竜憑きが出たという話も聞きませんし」

そこまで話して、王子はまたレモン水を飲んだ。

イスファンディールも倣《なら》うように水を含み、一気に干上がった思いのする喉を湿らせた。

「竜憑き、とは、具体的にどんな存在なのでしょうか？」

「ああ、陛下にはご存じありませんでしたか」

「ええ。ご教示ください」

マーザンダールは、膝の上で指を組んだ。

「竜憑きとは、その身に竜の力を宿す者です。墜《お》ちし竜……天界からこの人界に現れた竜は、人を選んで力を与えるようですね。ナウル家のワハブという者がふしぎな力を持つにいたった経緯は、簡単にしか記されていませんが、背にしるしを受けたと書かれています」

「しるし？」

「ええ。竜のつけたしるし、ということのようです。家伝書にはわざわざその模写も載せてあります。私のような記録魔がいたのですね」

と笑ったので、イスファンディールも緊張をゆるめた。

「ワハブは、最初のころは、狂人扱いされたり、悪魔憑きとされたりしたそうです。それでも、灌漑《かんがい》工事に自ら汗を流したり、石切り場で石が崩れるという事故があったときに、怪力をもって石を動かし、下敷きになった人を救ったりしたので、人々も次第に認めるようになったと」

「その後ワハブは、どうなったのでしょうか」

「国を去った、と短く記されているだけです」

「去った……」

「どんないきさつかは書かれていません。ワハブの記事は、彼が竜憑きになってから去るまで、五十年間に及びます。竜憑きになったのが青年期として、すでに老人の域に入っていたと考えられますが、容《よう》貌《ぼう》は驚くほど変わらなかったとか……。いくら人々から受け入れられていたとはいえ、何か思うところがあったのかもしれません」

「――」

イスファンディールは杯《さかずき》に手を伸ばした。喉が渇いていた。なんだろう、なぜとは知らず、胸騒ぎがする。

マーザンダール王子に、その家伝書を見せてもらえるよう頼むと、王子はすぐに持ってきてくれた。返すのはいつでもいいというので、ありがたく借りることにした。

イスファンディールは、執務の合間にそれをひもといた。王子が気をきかせてくれたのか、しおりがはさんである。

ワハブの記事は、五十年に及ぶとはいえ、事跡そのものは多いわけではなかった。背に紋様が現れ、ふしぎな力が備わったのが一年目、去ったのはそれからおよそ五十年が経ったときのこと。その間に、マーザンダールも話した灌漑工事や石切り場の事故があって、ほかに数件、彼の並外れた膂力《りょりょく》や千里眼といったものが、いくらか畏怖《いふ》の目をもって語られている。

虹をまとう星の記述もあった。ワハブは王というわけではなかったので、彼に擬される星のそばに出現したのかどうかは不明だ。竜、あるいは竜憑きとはまったく関係ないかもしれない。

依然として、謎《なぞ》は謎のままだ。前途多難ということか。そう感じながらページをめくっていた彼の手が、ふいにとまった。

そこにあったのは、美しい紋様だった。ワハブの背に浮かびあがったという、それ。

花唐草のようにも、飾り文字のようにも見えるが、文字ではない——少なくとも、このあたりで使われているものではない。花の意匠としても、定型的に描かれるこの文化圏のものとはまったく違う。見ようによっては、鳥のようなかたちの部分もあって、見れば見るほどふしぎな紋様だ。……竜のしるしだとしたら、なるほどどうなずける。そこは人知の及ばぬ世界だ。

指先でなぞってみて、彼は見とれた。家伝書には、どこか禍々《まがまが》しいものであるかのような言葉遣いで書かれているが、イスファンディールは素直に、美しいと感じた。竜のしるし……竜が人に残すしるしだとしたら、竜はその相手に対して、愛情があるのだろう。だからこんな美しいものでその身を飾ろうとしたのだ。そう考えられるていどには。

それがどんな意味を持つのか、本当のところは知らないままに。

◇◆◇

その夕刻、イスファンディールは、王宮の浴室で、ぬるめの湯につかり手足を伸ばしていた。

浴室は広い。壁の一面には大きく窓がとってあり、その前に整えられたちょっとした庭を眺められる。今は暮れる空の紺青から金朱のグラデーションを楽しむばかりだが、じきにバラが咲けば、入浴中の楽しみは倍増する。プール式の浴槽こそ、一度に二、三人が入れるていどの大きさしかないが、それでもこの砂漠地帯にあって、そこに王一人のために湯がはられるのは、大変なぜいたくだった。床には絨毯《じゅうたん》が敷かれ、寝椅子が置かれて、専門の奴隷から、マッサージや肌や髪の手入れを受けることができる。

もっとも、イスファンディールは、風呂《ふろ》でまで誰かにかしずかれるのを好まないので、そういった奉仕はあまり受けない。スーダール家では、自分のことはすべて自分で行え、というのが父のしつけだったのだ。

だから、このときも、彼は一人だった。

浴槽のふちに頭をもたせかけ、ぼんやりする。ランプの灯がちらちらするのに眠気を誘われ、いつしかうとうとしていたようだ。

「王さま？　生きてるか？」

だから、からかいを含んだ声がそう問いかけてくるまで、人の気配にまったく気付かなかった。彼はゆっくりと眠りを手放し、目をあけた。

にやにやと人の悪い笑みをうかべた剣士がのぞきこんでいた。

「……生きているとも」

と応じた声は、しかしかすれていた。

男は、かたわらに用意されていた水差しの水を汲んで渡してくれた。

首を起こすと、ぬれた長い髪が背中に貼《は》りついて、つっぱる感じがある。イスファンディールはそれを掻《か》きやり、胸元へ流した。

「きれいな髪だな」

剣士はつくづくと言った。

「ランプの灯に映えてさ。そら、きらきらして、混じりけのない黄金みたいだ」

「……ありがとう」

気恥ずかしくなって、顔を隠すようにして水を飲む。

「それより、どうしてここへ？」

「女官長と行き会ってな、あんたが湯殿にいるはずだが、溺《おぼ》れてないか、確かめてきてくれって頼まれた。世話の女官や湯女がいるだろうと思ったら、あんたはそういうのを使わないらしいな？　もしかしたら女に体を見られるのが恥ずかしいのかもしれないからと、おれにお鉢がまわってきたわけだ」

女官長の、洞察力の鋭さには恐れ入る。イスファンディールは、手持ち無沙汰に湯を掻きまぜた。

「どうも、慣れなくてな。王家や、もっと大きな貴族の家に生まれていれば、当然のこととして受け入れたのだろうが、私は物心ついたときから、湯浴《ゆあ》みも着替えも自分でしていたから」

「なるほど」

風呂で世話をさせたのは、今は亡き妻だけだ。王宮では、もっぱら彼女が髪を洗ったり体に香油をぬったりしてくれた。すべきことはしていたが、子ができなかったので、ままごとの夫妻と陰でささやかれていることも知っていたが、それでも幸せだった。

ちゃぷんと湯が揺れる。フェリダンが湯をすくいあげていた。やわらかな湯は、さらさらと指の間からこぼれる。

「おまえも…、入るか」

沈黙に耐えかね、ついそんなことを口走っていた。

剣士は答えた。

「邪魔しよう」

そうしてするすると上着を脱ぎ始めたので、自分とは違う、たくましい胸があらわになるのを見ていられず、とっさに視線をそらす。

一緒にはいろうという意味にほかならない誘いを、どうして口にしてしまったのか。相変わらず、この男に対しては、自分は不可思議な言動をとることばかりだ。それが気を許すということなのか。こんなに心もとないことが？

彼の逡巡《しゅんじゅん》をよそに、男は両腕の革の籠手《こて》もはずしている。ハヤブサの鋭い爪《つめ》にも堪える、頑丈なつくりのものだ。そういえば、あれをはずしたところを見たことがないと、注意を向けたときだった。ランプの光に照らされた、男の右腕、いつもは籠手に隠されている部分に、目がとまった。

「……！」

イスファンディールは、思わずその手をつかんでいた。

「……なんだ？」

剣士は面食らっているが、彼にはそれどころではなかった。

男の腕には、精緻《せいち》な紋様が刻みつけられていた。刺青《いれずみ》のようだが、ランプの光を反す様子は、紋様にそって金が埋めこまれているようにも見える。

「これは――」

男は笑った。

「刺青だよ。故郷の風習だ。魔よけのおまじないみたいなもんだ」

その答えを、彼は信じなかった。なぜなら、この美しい紋様……流麗な曲線で、植物とも文字ともつかない、この近隣では見かけない意匠を描くこの紋様を、自分はつい最近、目にしたばかりではないか——ナウル家の家伝書、長い歴史の中でただ一人の竜憑きだったというワハブの記事、そこで、彼の体に表れたという「竜のしるし」として。

イスファンディールは、かすれた声で問いただした。

「これは…、しるしだろう」

「しるし？」

「竜憑きの——」

その単語を出したとき、つかんだ腕がかすかに緊張したと思った。

しかし、フェリダンは何事もないように笑った。

「何のことだ？」

イスファンディールは、そののんきそうな顔を睨《にら》みつけた。

「しらばっくれるな。知っているぞ、墜ち竜は、地上で己れが選んだ人間に、しるしをつけるのだ。それがこの紋様だ」

「王さま」

「おまえは竜憑きなのだろう？」

剣士は困ったように眉尻《まゆじり》をさげた。

「王さま」

「もうはぐらかすな。はぐらかしたら、赦さない」

誰が何と言おうと、この男自身が詫《わ》びようと、断《だん》乎《こ》として赦さない、という意思をこめて睨みつけていると、剣士は真顔になった。

「そうだと言ったら、どうするつもりなんだ？」

静かだが真剣な、気迫のこもった声音だった。まっすぐ見つめてくるはしばみ色の瞳が、ランプの光を受けて、金色にきらめく。

わけもなく胸がざわめいた。息が苦しくなる。ナウル家の竜憑き、ワハブは、狂人扱いされたり悪魔憑き扱いされたりしたといった。剣士が隠したがったのは、そのせいなのだろうか。

イスファンディールは喘《あえ》いだ。

「……べつに、どうもしない。……できるわけがないだろう、おまえが竜憑きだからといって、おまえを、いじめたりなど……っ」

「いじめ――」

男は絶句し、次いで噴き出した。

「変な言葉を使うもんだな、王さま」

「悪いか！」

「悪くないさ」

そう言いながらも、まだ笑っている。

イスファンディールは、むっつりと黙りこんだ。こうしてまたはぐらかされるのだろうか。

だが、予想は裏切られた。

「そうだよ」

と、男は答えた。口元には笑みさえうかべていた。

「おれは、竜憑きだ」

穏やかな、淡々とした声だった。

ああ、やはり。彼はほっとする自分がいるのを感じた。それは、ようやく謎が解けたという安堵《あんど》か、それとも、やっと打ち明けてくれたというそれか。

剣士は眉をひそめた。

「……泣かないでくれ、王さま」

「泣いてなど……」

泣いたつもりもないでいたのだが、頬《ほお》をなぞっていった男の指がぬれているのを見て、初めて気がついた。

わけがわからなかった。胸の鼓動が騒がしかった。剣士は竜憑きだったのだ。いつからなのだろう。狂人扱いされ、ついで認められ、それでもワハブは去った。この男も？

いつか——いつか、自分の前から姿を消すのだろうか？

そんなことを考えて、頭の中がぐちゃぐちゃになる。そうして頭からあふれたものが、目からこぼれる。

剣士は困ったように言った。

「泣くなよ、王さま。あんたを泣かせたいわけじゃないんだ」

「だから、泣いていない……、これは、ただの水だ」

そう言ったのに、抱き寄せられ、背を撫でられた。

「フェリダン——」

「おれはべつにいじめられてないし、かわいそうに思ってくれなくていい」

「そんなつもりでは」

「じゃあどうして泣いてるんだ」

「……泣いていない、でもここは湯殿だから」

「ああ、なるほどな」

剣士は笑って、ごまかされてくれた。

視線を伏せると、男の右腕の紋様が目に入った。美しく、禍々しい、竜のしるしだ。逃れられないくびきなのかもしれない。

たかぶった感情が落ち着くまで、フェリダンはあたたかい腕で抱きしめてくれていた。

だが、次第に落ち着いてくると、わけもわからず泣いた上に、全裸であやされるというこの状況がいたたまれなくなってくる。

「……フェリダン……」

身じろぎすると、大きな手が髪を撫でていった。

「湯ざめしないようにしてから出てこいよ」

剣士はそうささやいて、結局そのまま湯殿を出ていった。

イスファンディールは、のんびり湯につかり直す気にもなれず、浴槽から出て、髪をしぼった。

彼が居間で髪を乾かしていると、酒瓶をたずさえたフェリダンがやって来た。

「飲むだろ?」

「ああ」

杯にそそがれたのは、イールハーン産のぶどう酒だ。

フェリダンは静かに話し出した。

彼が、今はファルーシュと名づけた竜と出会ったのは、およそ百年前のこと。そのとき竜は、本当に、文字通り、彼の上に落ちてきたこと。それまでは腕の立つ剣士として名があったが、外見上の齢をとらなくなって、不審に思われることが増えたので、名を捨てたこと。以来、適当に名乗ったり、人につけてもらったりしていること。同じ理由で、ひとところに長くは住めず、流れ暮らしをしていること。

イスファンディールは呆然《ぼうぜん》と呟いた。

「その間ずっと、ファルーシュと二人きりで……?」

「ああ」

彼はハヤブサに手を伸ばした。ファルーシュはおとなしく頭を撫でられるにまかせている。それどころか、こちらにすりよるようなしぐさをした。

寂しがり屋、と、その言葉が脳裏によみがえった。その寂しがり屋が、互いの他に、同じ世界を歩む相手もなく、どれだけつらかったことだろう。それとも、だからこそ寂しがり屋になったのだろうか。

イスファンディールには、その気持ちがわかる気がした。妻をなくしてから、寂しさは、ほんのわずかな隙《すき》にも這《は》い寄ってくる。そうして胸の片隅にとりついてそこらをうずかせたり、まぶたにひそんでつつきまわして泣かせたりするのだ。それはごく小さな傷だが、あとあとまで痛みをひきずる。

「せめてその痛みをまぎらわせることくらい、私にできないだろうか」

するとと剣士は目をみはった。心底意外そうな表情だ。

「な……、なんだ」

まじまじと見返されて、イスファンディールは、笑われるのかと思った。そんな感傷的なことを言うとは考えていなかった、とでもおかしがられるかと。

ところが、その予想は見事にはずれた。

「あんたはやさしいな、王さま」

剣士はしんみりとした口調で呟いた。

「おれたちは寂しがり屋で、やさしいやつに弱いんだ」

大きな手が伸びてきて、抱き寄せられた。

「そんなにやさしくされたら、あんたと、離れられなくなっちまう」

イスファンディールは、体の力を抜いた。男の肩に額を預け、広い背中にそっと両腕をまわす。

それがこの男の慰めになるというなら、それでもよかった。いっとき、この男が感じる痛み、哀しみ、寂しさを、忘れられるというなら、この命がたとえ一瞬で尽きるものだとしても、一緒にいてやりたいと思った。

——それは、かなわぬ夢でしかないのに。

イスファンディールは、常にない感情をもてあましていた。ここ数日、気がつけば、ひとつのことばかり考えている。

ひとつのこと、言い換えればそれは、一人の男のことだ。

放浪者、剣士、——フェリダン。

フェリダン、と、彼はその名を口の中でころがした。

彼の与えた名だった。名をつけてくれ、と剣士自身に乞《こ》われたからだ。その名の礼だ、と言ってくちづけされたのが、ふれあった初めてだった。そうだ、それに——何でもすると言ったではないか。あんたのフェリダンが何でもしよう、と。名をつけた相手を裏切るまねはしない、とも。

ならば、行くなと彼が言えば、あの男はこの国にとどまるだろうか。私のそばに、いつづけて、くれるだろうか……。

何年くらい？

竜はどのくらい生きるのだろうか。二百年などかるく超えるだろうと剣士は言った。

自分はあと何年くらい生きるだろうか。妃は二十歳まで生きられなかった。母は三十二、父も四十前に亡くなった。

イスファンディールは落胆した。どう考えても、自分は短命の血統に生まれついている気がする。うんと長生きするとしても、百まではたどりつけないだろう。よほど長寿と言われる人は、世界のほんのひと握りだ。うまくそのひと握りにすべりこんだとして、……フェリダンは、きっと、もっと先をゆく。

そうして、気も遠くなるばかりの時間を、独りで

――ファルーシュと二人で、生きてゆくのだ。そのうち、イスファンディールが関《かか》われる部分など、ほんのまたたきほどの時間でしかない。

彼は深いためいきをついた。

寂しがり屋だと剣士は言った。陽気で気さくで、人をそらさぬ魅力のある男なのに、否、だからこそか、人との別れを寂しく感じるのだろう。彼が死ぬまでそばにいてくれと願うことは、その男に、親しい相手の死をまた見せつけることになるのだ。

そんなことはできない。したくない。

イスファンディールは頭を振った。あの男に、つらい目を見せたくないと願う一方で、できる限りそばにいたい、いてほしいと望んでいる。

「……私はわがままだ」

そして、わがままだと承知しているのに、自分の理性ではとめることができないのだ。自分はこんなに意志の弱い人間だったろうか？

この感情が何なのか、彼は知らない。わからない。

嵐《あらし》のようにやって来て、否応《いやおう》なく彼を巻きこんでゆく、この激しいもの――それが恋だということなどは。

◇◆◇

フェリダンは王宮の丸屋根の上にいた。ミーランで一番高い場所だ。目抜き通りも民家の屋根も眼下に見下ろし、それどころか、ある一軒の家では、中庭で沐浴《もくよく》する若い女の肌まで見えた。砂漠地帯の典型的な家屋は、二階建てで、通りに面した壁には窓をつくらず、光は中庭に面した窓からとる構造だ。

そこは周囲の視線からさえぎられた場所なので、水浴びする娘も、まさか上から他人に見られているとは夢にも思わないだろう。

　剣士は苦笑しつつ視線をはずし、干したナツメヤシをかじった。

　西に目をやれば、赤い大きな夕日が沈むところだ。今日最後の光は金色に燃え、空は青から紫、群青に色をかえている。半月が中天にかかって、すでに淡い輝きを放っていた。

　その月を、ハヤブサが横切った。ファルーシュだ。散歩から戻ってきたらしい。フェリダンが呼ぶまでもなく、宙を二度三度と旋回したかと思うと、ゆっくりおりてきて肩にとまった。

　しばらく、一人と一羽は無言だった。黙って、息さえひそめるようにして、夕日が沈むのを見つめている。まるで、声を立てたら、日が沈み、明日の朝また昇るという営みが、損なわれでもするというようにに。

　そうして、ようやく残照も消えるころになって、剣士は大きく息をついた。それは、無事に日の入りを見届けたという安堵では、むろんなかった。

　――どうするのだ、おまえ。

　沈黙を破ったのは、ファルーシュのほうだ。

　剣士は訊き返した。

「どうするって？」

　――とぼけるな。あの美しい王さまのことだ。

　美しい、とこの相棒の形容したことに促されたように、ミーラン王の姿が思い出された。美しい……確かにそれ以外の表現はできそうになかった。美しく、賢く、勁《つよ》く、それでいてもろい。

　――気に入っているのだろう？

「そうだな」

　――それで、どうするのだ？

　フェリダンは砂色の髪を掻きまぜた。

「どうもしやしねえよ。ここにも長くいられないってだけだ」

竜がこの身に憑いてから、それは逃れられないことだった。竜の寿命は長い。それにつきそう竜憑きの命も同様だ。それは、周囲の人々と同じ時間を生きられないということでもある。

「今ならまだ深入りせずにすむ。近いうち、暇乞《いとまご》いするさ」

――それでいいのか？

ファルーシュの声は、気遣わしげだ。剣士はにやりとした。

「どうした？　今回はばかにやさしいな」

ハヤブサはフンと鼻を鳴らした。

――やさしくもなる、おまえの王さまを見つめる目つきが、これまで見たことがないくらい本気だからな。

フェリダンは思わず、ハヤブサのかたちをした相棒を見返した。

「よくわかったな」

――あたりまえだ、何年一緒にいると思ってる？

ファルーシュは胸を張った。

剣士は砂色の髪を掻きまぜた。

「おみそれしたぜ」

――たぶん、王さまのほうでも、おまえを憎からず思っている。

フェリダンはまた髪を掻きまぜた。

「言わないでくれ。未練になる」

――本当に、いいのか？

「いいんだよ。ふらっと現れてまたふらっと消えたやつのことなんて、すぐ忘れる」

人は忘れる生き物だ。悲しいこと、つらいこと、苦しいことも、いつか忘れられる。楽しく、あたたかく、恋しかった気持ちだけは、憶えていいてくれたら嬉《うれ》しいけれど。

いや、やはり、忘れていい。一度も思い出さなくていい。あの美しいひとに、そんな傷をつけたいわけではない。

やさしく、美しく、しなやかなあの若者……愛する妻を亡くし、国の命運を一身に背負い、あのほっそりした体を押しつぶしそうな重圧にそれでも足を踏まえていたあの魂に、これからは幸いだけが訪れるように。祈るのはただそれだけだ。

これまで誰に対しても、こんな想《おも》いを抱いたことはなかった。誰であっても、どんな美人にも、またたきほどの間、目の前を通りすぎただけのようにしか感じなかったのに。

フェリダンは嘆息した。

「惚れてんなあ……」

――おまえにしては珍しくな。

「珍しいか？　惚れっぽいたちだと自覚はあったが」

――そうだな。惚れて、手を出して、抱いて、それきり、という恋ならいくつもあったが。

「……」

フェリダンは、反論できずに黙りこんだ。確かに、これまでの永の年月に、そういう相手は何人もいた。寂しがり屋だから、その寂しさをまぎらわせるために、それを慰めてくれる相手に手が伸びた。やさしい女たち……大抵は商売女だったが、彼女らは、やわらかくあたたかい胸で抱きとめてくれた。

しかし、それだけだ。ひとところに長くいられない竜憑きとて、いつでもさらりと切れてきた。次に――何十年という時が流れたのちに、再びそこを訪れたとき、相手はとうに亡くなっているだろうことも、納得ずくのことだった。二度と会えないことにも、あきらめがついた。

イスファンディール……あの美しくしなやかな、この国の王である以上に彼自身の王たるあの魂と、歩む時間が決定的に違うことに、これほど絶望するとは思わなかった。

フェリダンは長く息を吐いた。

「人生はむなしい」

ファルーシュはうなずいた。

――それでもおまえは、人に関わり続ける。

「人が好きなんだろうな」

――たとえそれで、自分が泣いても。

「そういうことは言わないもんだぜ、友達甲斐《がい》のないやつだな」

フェリダンは苦笑する。

「結局おれは、人でしかいられない……人でいたいのかもしれん。百年もすりゃ何か変わるのかと思ったが、案外変わらないもんだな」

ファルーシュが髪をくわえてひっぱってくる。

「いてっ。おまえには悪いな」

――かまわんさ。人であれ、何であれ、一緒にいてくれればいい。

「おまえもたいがい寂しがり屋だからなあ」

今はハヤブサの姿をした、寂しがり屋の相棒の頭を指先で掻くようにすると、ハヤブサは金色の目を細めた。

――いつ、ここを発つ？

そう問われて、あらためて決断をつきつけられた思いがした。

早ければ早いほどいい。……だが、しかし。

「そうだな……近いうち」

そうあいまいな言葉で濁して、男は長く息を吐いた。

わかっている。これは未練だ。

「厄介なことになっちまったなあ……」

ぼやいた声が、それでも自分でわかるほど甘くて、自分は心底あの美しい王にまいっていると白状していた。


ふと、部屋中に張りめぐらせた絹糸を何かがはじくような、そんな感覚があった。無意識に、耳が痛くなるほど神経を張りつめている。今なら、すべての物音を遮断した上で、三キール先の砂漠に落ちる針の音だけを聴き取れるだろう。

フェリダンは顔を上げ、窓の外、空を見つめた。かたわらで、ファルーシュも落ち着かない様子で翼をはためかせている。

「近いな」

――そうだな。

全身の毛がそそけ立つような、皮膚を針の先でなぞられるような、そんな緊張感の正体は、ひとつの予感だ。――竜が、落ちてくる。

「久しぶりの落ち竜だな」

金剛石の天蓋の裂け目から、人界が気になってしかたない竜、寂しがりの竜が、まもなく落ちてくるのだ。

金剛石ほど硬い天蓋に、裂け目などがどうしてできるのか、かつて落ちてきた竜であるファルーシュにも、もちろんむかしはただの人だったフェリダンにも、わからない。

しかし、裂け目はいつの間にかふさがるらしく、落ちてきたが最後、二度と戻れないことだけは知っている。

それはつまり、同類のいない世界で、地上のどんな生き物よりも長い命を、孤独にすごさなくてはならないということだ。誰かを見つけて、道連れにせずにはいられないほど。

フェリダンはかつて、ファルーシュにそうして見こまれた。なつかれた、のかもしれない。どういう基準で選んだのかは、フェリダンにもわからない。頑丈そうだったから、と言われたことはあるが、本当かは知らない。

「あいつも、誰か選べるといいな」

と、フェリダンは呟いた。ファルーシュが、羽づくろいしている動きをとめた。

「千年も二千年も生きられるようなやつが、地上で一人ぼっちってのは、そりゃあ耐えられないだろうさ。相性のいいやつを見つけて、道連れにしたくなる気持ちもわかる」

ハヤブサは目を細めた。

――やさしいな。

フェリダンもにやりとした。

「今ごろ知ったのか？」

銀の水差しからレモン水を杯にそそぐ。それは、そそぐなり杯の表面に水滴がうかぶくらい冷たくて、渇きを癒《いや》す。つかの間の慰めにも似ている……本当の渇きは、そんなものではおさまらないのに。

「そういやおまえ、なんでおれを選んだんだ？」

ファルーシュはきょとんとした。

――図太そうだったから。

「てめえ……」

フェリダンは歯をむいた。

すると、ハヤブサが笑ったのがわかった。もう百年以上一緒にいる相手だ。呼吸の読みあいもお手のものだ。

ところが、事態はそれですむほど単純なことではなかったのである。

天界から竜の落ちてきたのを、ハヤブサと剣士が知覚したのが、昼ごろのこと。もっともそれは彼らだけの六感ではなく、突如として世界が夜のような闇にとざされたと思うや否や、すさまじい雷鳴のような、文字通り天の裂けるような音がとどろいたので、人々にも何事か起きたのだということは察せられたのだが。

太陽が燃え尽きたのか、天が割れるのか、星が落ちてくるのか、槍《やり》の雨でも降るかと王宮でも一事騒然とし、大臣から小者まで右往左往したが、そんな中で、王だけは威厳を保っていた。

イスファンディールは、すぐに手元のランプに火を入れた。

「騒ぐな、落ち着け。まだ何事があったともわかっていないのだ、わけもわからず騒ぐな」

「は——」

年若い王の動じないたたずまいに、大臣たちは恥じたように落ち着きを取り戻した。

「天文官に、異変あれば報告するよう申し伝えよ。落雷などがあっては危険だ、城下には、あまり出歩くなとふれまわれ。雹《ひょう》など降ってきてはいないか」

「は、ただいま、調べてまいります」

的確な指示に従い、彼らが秩序を取り戻し始めたころ、剣士が現れた。

「フェリダン——」

イスファンディールはほっと息をついた。彼の動じないそぶりは、あるていどは虚勢だが、この男の動じなさは本物だ。

「どうした？　何かあったのか？」

フェリダンは彼の耳元に口を寄せた。

「竜が落ちてきた」

イスファンディールは驚愕《きょうがく》した。

「竜……が」

「ああ。さっきの轟音《ごうおん》は、天蓋が裂けた音みたいなものだ」

この放浪の剣士はこともなげに言うが、それがどんな事態だかわかっているのだろうか。竜など見たこともない人間が大多数を占めるこの世界で、それがいったいどんな意味を持つか。恐怖、畏怖、恐慌……とにかく、平静でいられないだろう。

「竜が……」

呆然としてしまって、頭がうまくまわらない。何をすべきなのか、何かできることはあるのか、思いつかない。

「……私は、何をしたらいいのだ？」

剣士はちょっと笑った。

「することはないな。そもそもそんなおおごとにはならん。やつもしばらくうろつくだろうが、そのうち誰かを見つけて、そいつになじむ。もともと地上では姿も見えたり見えなかったりだしな」

「……そうなのか」

イスファンディールは、言われるままに信じるしかない。

「私でも、見えないだろうか？」

「見えるかもしれないけどな」

「……見ていてもかまわぬかな？」

フェリダンは声を立てて笑った。

「子供みたいだな、王さま。見ててもいいが、仕事はいいのか？」

「……ときどきのぞいてみるだけにする」

「ほどほどにしとけよ」

自分でも外の様子に注意はしてみる、と言うフェリダンを見送り、彼はしばし竜に思いをはせた。

王宮の壁や柱に彫刻された竜、その生きた姿を見るのは、誰にとっても初めてだろう。フェリダンの言うところによれば、むかしは少しはいたというが、今、この地上に生きている人々は、それを知らないのだ。

そこでイスファンディールは、ふと気付いたことがあった。そうだ、トゥーランにむりやり連れていかれたとき――そこから助けだされたとき、見たではないか。

壁の毀《こわ》れた隙から垣間《かいま》見ただけとはいえ――だからこそ、か――巨大な生き物だということはわかった。トゥーランの王宮の壁を一撃で破壊できるほど力強い生き物だった。鏡のような、炬《たいまつ》のような眼を見た。鋭い爪をそなえた足を見た。

砂漠にいるのなら、さえぎるものもなく、全身が見られるだろう。確かめたいような、そんなことのために政務はなおざりにできないような、そわそわした気持ちになる。

あたりはゆっくりと明るさを取り戻していた。それにつれて、人々も冷静になってきたようだ、そちこちから聞こえてきた、うわずった響きの声が小さくなってきた。やはり、闇というものは、人の心を恐怖に駆り立てる。

連日の夜ふかしのおかげで、手元が見えなくてもランプに火が灯《とも》せるくらいになっていたのが、こういうときに役に立った。イスファンディールは息をついた。

「陛下、ただいま、城下につかわした者たちから報告があがってまいりました」

「ご苦労」

現実に戻された思いで、王は報告者の入室を許した。


その夜半のことだ。日中の轟音には及ばないとはいえ、寝静まった人々の眠りを覚ますには十分すぎる雷鳴がとどろいた。

「な——何事だ」

答えられる人間などいないことはわかっていたが、イスファンディールも、その問いを口にせずにはいられなかった。夜ふかしの彼も、さすがに眠っていたさなかのこととて、胸がどきどきしている。

だが、自分の声でも聞くといくらか落ち着いた。イスファンディールは窓の外を見た。

月どころか、星さえ見えぬ夜だった。この時期、ひときわ強く輝く太白星さえ見当たらない。墨で塗りつぶしたような漆黒に、さらに黒い雲がうずまいていた。稲光が、その雲のぶつかりあうところから四方に向けて走る。

また雷鳴がとどろいた。

否、雷鳴とは言ったが、本当に雷鳴なのかどうかは誰にもわからなかった。なぜなら、雷鳴に当然付随するはずの稲光が、めちゃめちゃなタイミングであらわれるのだ。音のいくつかは確かに雷鳴なのだろうが、おそらくは、それ以外のものも含まれている。

異常な天気だ。何か、大きな異変が起きようとしている——あるいはすでに、起きているのか。二匹目の竜が落ちてくるとでも？

そうかと思うと、ものすさまじい音は、ぱたりとやんだ。ときおり稲妻は走るが、雷鳴は小さい。そのせいで今度は、恐慌をきたした悲鳴や泣き声が、あちこちから聞こえるようになった。

　急いで衣服を着替え、燭を手に部屋を出ると、王宮内は、右往左往どころの状態ではなかった。女たちは抱き合って泣き、小者たちは、わけもわからずに突っ立っている。皆、何が起きたかわからず、それと同時に、何か大変なことが起きていることだけはわかっている。

「明かりを灯せ。皆、一箇所にかたまっているように。火の扱いには気をつけよ」

　イスファンディールはそばにいる者に声をかけながら進んだ。無意識に、こういうとき顔だけでも見れば落ち着く相手を探していた。飄々として、いついかなるときでも動じないふうに見える、剣士だ。

「フェリダン！」

　呼ばわったが、返事はない。いつもなら、ひょいと物陰から顔を出すのに。

「誰か、剣士を見なかったか」

　青ざめた顔の女官の一人が答えた。

「シャイルさまは……、あの」

　喉が干上がっているようで、自らを落ち着かせるように深呼吸して、答える。

「外に、走って出てゆかれるのを、お見かけいたしました。どちらへとお訊ね申しましたら、大丈夫だから中に入っていろ、とお答えになりました」

「外へ？」

「はい」

　この天気の中を、あの男は、なぜ外に出たのだろう。城下に、家を出るなとふれまわりにだろうか？あらためて指図しなくても、こんな世界の終わりのような闇の中、好きこのんで外に出る者などいないだろうに。

「わかった。そなたたちもかたまっておれ、皆でいれば安心するだろう」

「陛下――」

「よいな、決して外には出るなよ」

イスファンディールは、行き会う者たちに指示しながら、宮殿を出た。

案の定、城下に人の姿はなく、誰も彼も、戸を固くとざして息をひそめているようだった。いっそ恐ろしいほどの沈黙の中、風のうなりと雷だけが遠くに聞こえる。

――遠くに聞こえる？

イスファンディールは、はっとそれに気付いた。

急に鼻をつままれてもわからない闇の中、天に目をこらすと、暗雲がうずまくなか、悪魔がいやらしく爪の伸びた手を広げたような稲妻が走るのは見える。かなたに白っぽく立ちのぼるのは、竜巻だろう。砂を巻き上げているのだ。

だが、音が聞こえないのだ。かすかに聞こえはするが、あの稲妻の距離と規模からすると、耳をつんざくばかりの雷鳴があるはずだ。それがない。

そうだ、それに、風もあまり感じられない。雲の動く勢いと竜巻に、当然、地上にも強風が吹きつけてしかるべきなのに、髪をなびかせるていどにも吹いていない。

何かがおかしい。何が起きている？

イスファンディールは王宮の北側、物見の塔に向かった。

これは、有事には兵が詰めて警戒にあたる場所だ。一見優美な塔に見えるが、内部のつくりはいたって実用一点張りで、壁にも階段にも、装飾の類《たぐい》は一切ない。燭の揺れる明かりに映し出される彼自身の影が、不気味に伸び縮みしている。

らせん状にもうけられた石造りの階段を、ひたすら上へのぼっていた、そのときだ。不穏な地鳴りがしたかと思うと、塔が揺れた。イスファンディールは足を踏み外しそうになって、慌てて壁にすがった。

塔だけではない、地が揺れたのだ。城下からも城内からも悲鳴があがった。

揺れは、幸いにもすぐにおさまった。イスファンディールは急いで最上階にたどり着くと、あたりを見回した。

あたりは変わらず墨を流したような闇だ。時折、雷光の閃《ひらめ》きが世界を白と黒に塗り分ける。

「あれは——」

イスファンディールは、城外に広がる砂漠の一地点に目をこらした。幾度めかの閃光《せんこう》の中に、人影がうかんだのだ。

彼はのぼったばかりの塔を駆けおりた。


剣士だった。あんなところで何をしているのか。危険だ、ということは、ことに自分に関してのそれは、意識になかった。あの男の立つところ、弱からぬ風が吹き荒れているのは、風や服の裾《すそ》が煽られていることからもわかった。どうしてあそこだけ吹いているのか。さほど距離の離れていない城内に吹きこまないのはなぜなのか。

北門から外に出ると、たちまちすさまじい風に巻かれた。砂交じりのそれが真正面からたたきつけ、腕をあげて目をかばう。

「フェリダン!」

あの男は、いつからこんな中にいるのか。精一杯声を張り上げると、まだ離れている男に届いたのか、血相を変えて飛んできた。

「王さま! 何やってんだ、こんなところで!」

ふしぎなことに、風がやんだ。

「それは…、私の、訊きたいことだ」

呼吸が楽になって、負けじと詰問する。

「この嵐は、なんだ。何が起きているのだ？」

男が答える間もなく、ばらばらと固いものが降りかかる音がした。夜目にも白いそれは、雹だ。握り拳《こぶし》ほどもある——にもかかわらず、イスファンディールには、体のどこかにそれの当たった感覚はなかった。

腕を伸ばした先では、風が荒れ狂い、雹がたたきつけているのがわかるというのに、目に見えない殻ででも覆われているようだ。

「フェリダン——」

「大丈夫だ、ここは安全だ」

「何が起きた？」

「竜が落ちたんだ」

「それは聞いた。おまえは、おおごとにはならないと言ったろう？」

「竜が正気なら、な」

剣士はこわいくらい真剣な表情をしていた。

「……狂ったのか」

イスファンディールは呆然と呟いた。

自身も竜の片割れである男は、暗い顔つきでうなずく。

「暴れまわって、あちこちめちゃめちゃだ。ファルーシュがなだめてるが、たぶん無駄だな」

「か…、簡単に言うな」

イスファンディールは困惑した。同族であるファルーシュにとめられなかったら、あとはなにものによってもとめられないということではないか。

剣士は天を仰いだ。

その視線を追って顔を振り向けると、黒い雲がうずまき、雷光閃く中に、ちらと見えたものがあった。

鋼色をした、長く先細りの、トカゲの尾のようなものだ。ただし、サイズはだいぶ違う。よく見ると青味がかったのと黄色がかったのと二種類あって、それがときにからまり、ときに離れながら、もみあっている。

「あれが、竜か」

「銀色のがファルーシュだ」

ということは、金色に見えるのが、今回落ちてきた竜のものなのだろう。どちらも動きがすばやすぎて、全身は目にとめることができない。

「決着は、つくのか」

見たところ、二体の竜は互角に組み合っているようだ。世界を壊してしまう前に、新しい竜が正気に返ってくれるとよいのだが。

フェリダンは、この男にしては珍しく、難しい顔をしている。


「わからんな。ファルーシュのほうは手加減してるが、相手はそんなのおかまいなしだから――」

そう懸念しているそばから、金色の竜がファルーシュの肩のあたりに食らいついた。

「あ……っ」

「ファルーシュ！」

竜の顎の力が、実際にどのくらい強いものなのかわからないが、あのきらきらと輝く鏡のような鱗《うろこ》を嚙《か》み砕けるほど強いのだろう。ファルーシュはもがいたがなかなか逃れられず、長い尾で何度も相手を打ち据えて、ようやくもぎはなすことができた。

「ファルーシュ、いったんさがれ！」

フェリダンの叫びが聞こえたか、銀色の竜は間合いをとった。

イスファンディールは、ようやく捉《とら》えた竜の姿に、こんなときだということも忘れて見とれた。長い首、

長い尾、鋭い牙《きば》の並んだ大きな顎、星のように光る眼、天を覆うばかりの翼……王宮のそちこちにあるレリーフのままの、堂々とした美しい姿だった。

新しい竜は、ファルーシュを追うこともなく、その長大な身をくねらせて天にのぼった。姿が雲に隠れると、雷鳴とは異なる轟音が大気を震わせた。音は例によって遠くで響くようだったが、足元が揺れていた。かと思えば、首を返して地をめがけ、さらにはまた雲を突き破ろうとする。

何か惑ったようなその行動に、イスファンディールはかたわらの男に訊ねた。

「あの竜は、完全に狂ってしまったのか？　一時的に錯乱しているだけということはないのか？」

フェリダンは変わらず難しい顔つきで答えた。

「さあな。ファルーシュの呼びかけにも応《こた》えないし、まったくお手上げだ」

「何か言えば、ファルーシュには伝わるはずなのだな？」

「ああ」

「おまえには？」

「おれにはわからないな。……いや、もしかしたらわかるのかもしれないが。なにせ、こっちもファルーシュ以外の竜に会うのは初めてだからな」

「どうしたら正気に返すことができるのだろう」

「さあなあ」

のんきな口調とは裏腹に、その表情は険しい。

このままあの竜が暴れ続ければ、ただではすむまい。

ファルーシュは再度説得を試みるらしい。天と地を行ったり来たりする同胞に、その尾でかるくふれた。

だが、それはまたも反発で報いられた。ファルーシュは鋭い前肢《まえあし》の攻撃にはじき飛ばされた。

「ファルーシュ、だめだ！　ちょっとあきらめろ！」

　フェリダンは忌々しげに叫び、ふらふらと落ちかかる相棒のほうに駆け出していった。

　イスファンディールは新たな竜に目をこらした。轟音雲の隙間から、狂った竜が見え隠れしている。天蓋の正体は、竜が天蓋に体当たりしているのだ。天蓋は金剛石で、この世のものでは壊すことのできない、堅固なものだ。いかに竜とて、打ち破れはすまい。それは我が身を害するに等しい行為だ。

「落ち着いてくれたらいいのだが……」

　だからといって、人の身には何もできず、はらはらと気をもんで見つめていると、何度めかの地揺れののち、何か降ってくるものがあった。稲光に照らしだされたそれは、きらきらと光っている。

　また竜が反動をつけるように地上に迫った。光るものは、その体から落ちているようだ。金属の円盤のようにも見える、黄色がかった鋼色の――。

「……うろこ!?」

　イスファンディールは信じがたい思いで叫んだ。

「竜よ、頼むから落ち着いてくれ！　それでは自分が傷つくばかりだ！」

　しかし、彼の願いもむなしく、竜は首をもたげ、何度も天を目指す。

　大地と天蓋に囲われたこの世界は、天界を自由に飛翔《ひしょう》していたであろう竜には、狭すぎるのだろうか。天界と違って、地上にはさえぎるものがあると、わかってくれないだろうか。

「あきらめてくれたらいいが……あきらめさせるにはどうしたらいい」

　何もできず、歯噛みしている彼のもとに、ひとつの響きが届いた。

――カ……タイ……。

それは、何者かの明確な意思でありながら、具体的な声を持つものではない。

「……え？」

イスファンディールは耳を疑った。ここには彼と、剣士以外には、誰もいないはずなのに。ファルーシュの声は聞いたことがない……もしかしたら、平素はハヤブサの姿になっている、あの竜が？

――……リタイ……。

声ならぬ声は、なおも途切れ途切れに届く。それと同時に、もどかしげな、悲痛な思いも伝わってきた。どうして誰にも聞こえないのか、誰かわかってくれる者はないのか、と全霊で訴えるようだ。

自分の手には余ると判断した彼が、フェリダンを呼ぼうとしたときだ。

――帰リタイ……！

今度ははっきりと、その意志が伝わった。はっとしてイスファンディールは振り向いた。

竜だ。あの落ちてきた竜が、叫んでいるのだ。望んだわけでもなく天界から落ちてきて、どうにかして戻れまいかと、我が身を傷つけてまで天蓋を壊そうとして、果たせずにいる、寂しがり屋の竜が。

胸がしめつけられた。彼は叫んでいた。

「こちらへおいで！」

その声が届いたか、竜は首をめぐらせて地上を見おろし――その光る双眸に捉えられた、と、イスファンディールは感じた。

「イスファンディール!!　このばか!!」

剣士が失礼なことを怒鳴るのが聞こえたが、そのときには、巨大な竜が目前に迫っていた。

竜の眼は、見たことがないほど深く透き通った濃い藍《あい》色をしていた。そう感じたのを最後に、イスファンディールの記憶はぷっつりと途絶えている。

◇◆◇

次に気がついたとき、真っ先に見えたのは、眉を寄せ、口を引き結び、いつもならいたずらっぽい光の躍るはしばみ色の双眸を険しくした、剣士の顔だった。不機嫌そうだ。

「……何を怒っているのだ？」

イスファンディールは、開口一番、そう訊ねていた。

剣士は一瞬、毒気を抜かれたような表情になり、またむっつりして答える。

「……べつに」

「べつにという顔ではないな」

「おれがべつにって言ってるんだからいいんだよ」

「それでいいわけがないだろう、少なくとも、私に対する——」

言いながら起き上がろうとして、全身をきしませた痛みに、思わず声にならない呻《うめ》きがもれた。

「おい、無茶するな」

すかさず剣士が抱きとめた。その腕の力強さ、やさしさは、いつものままだ。イスファンディールはほっとした気持ちでもたれた。

「まだ痛むか」

「いや……」

ふしぶしがぎくしゃくしている感覚はあるが、動けないほどではない。

「腹はへってないか？　何か食えそうか」

「そうだな」

「水は？」

「もらおう」

剣士は、枕《まくら》を直して背をもたせかけたり、額の汗をふいたり、粥《かゆ》を用意するよう人に頼んだりと、先の不機嫌がうそのように、かいがいしく世話を焼いてくれる。

「あんた、まる三日眠り続けてたんだぜ」

フェリダンは銀の杯を差し出しながら言った。

イスファンディールは驚いた。

「そんなに?」

ふつうに夜眠って、朝目覚めたくらいに感じていたのに、三日も経っていたとは。

水を飲む喉も、渇きすぎていることもない。空腹も、多少はあるが、耐えきれないほどではない。

疑問が顔に出たか、剣士がまたこわい顔をした。

「ときどきおれが飲ませてやってたんだよ。口移しでな」

「……それはそれは」

「色気のかけらもない、むなしい作業だったぞ。あんたは目を覚まさないし、応えてくれるわけでもないし」

「ありがとう、おかげで干上がらずにすんだ」

「……まあいいよ」

フェリダンは砂色の髪をかきまぜ、深いためいきをついた。

「ありがとう」

イスファンディールはくりかえした。面倒《めんどう》をかけさせてしまったのは事実だ。

そこで、それへいたる経緯を突然に思い出した。

あの嵐は——雷、雹、竜巻、地鳴りは、どうしたのだろうか?

「フェリダン」

男は、それも見すましたように答えた。

「あんたの国は無事だ」

「そう…、なのか」

「ああ。雹は城内には降りこまなかったし、落雷もなかった。竜巻はそれていったし、まあ、不眠を訴える住人が少しはいるかもしれないがな」

「……おまえが、この国を守ってくれたのか」

「おれが守ったのはあんただけだ」

剣士はそっけない。それでも、彼を守るついでだったにせよ、彼の国だから、損ねたら彼が悲しむから、という理由でしかなかったにせよ、守ってくれたのだ。

「ありがとう、フェリダン」

王が目覚めたと聞いて、人々が集まってきた。女官長は言うに及ばず、侍従長や宰相らが次々と現れては、口々に容態を訊ねる。

イスファンディールは、自分自身にも己れの状態というものがよくわからなかったのだが、侍医は彼の体をとっくりと診て、熱もさがりかけているし、ひとまず心配ないという判断をくだしたので、人々は胸を撫でおろした。

病人を疲れさせてはいけないという配慮で、見舞いの人々はすぐに締め出された。

そのわずかな時間に、イスファンディールは宰相に、人事不省だった間のことを訊ね、二、三のやりとりをした。

「城下はどうしている?」

「皆、恐れ惑っております。いったい何事が起きたのかと……陛下がお倒れになったこととあわせ、お身に災いでもふりかかってはいられまいかと」

王の安泰は国の安泰、逆もまた然《しか》りだ。

「私は大事ない。民にも安堵するよう触れよ。政務にもじき復帰する」

「かしこまりました。ですが……どうぞ、ご自愛くださいますように」

「わかっている。ありがとう」

宰相は、うやうやしい一礼を残して退がっていった。

そこへ粥が来た。運んできたのは、女官長のサーレだ。

「ゆっくり食えよ。三日食ってないんだからな、体がびっくりするぞ」

「さようでございますよ、陛下。それに、熱うございますから、火傷《やけど》なさらないようお気をつけて」

両側から世話を焼かれて、苦笑するしかない。

「わかっているよ」

イスファンディールはひと椀《わん》の粥を、冷ましながらゆっくりと食べた。

それがすむと女官長は皿をさげてゆき、剣士が体をふいてくれた。彼としては病人のようで恥ずかしかったのだが、病人は黙っていろと一蹴《いっしゅう》されたのだ。

「あんたは知らないだろうが、医者が一度は匙《さじ》を投げた。このままあんたが死んじまったら、救国の英雄として伝説になるところだったんだぜ」

「……どこが悪いのだ？」

「悪いっていうか、消耗だな。体力を根こそぎ奪われたみたいなかっこうだ。まったく、無茶しやがって」

そこで剣士は深いためいきをついた。ベッドのかたわらに寄せた椅子にどっかりと腰をおろし、砂色の髪をかきまぜる。

「まだ誰にも言ってないが、あんたに知らせることがある」

その表情から推し量るに、よくない知らせらしい。

しかし、この男が彼にだけは知らせなければと考えたものから、逃げるわけにはいかない。彼は覚悟した。

「聞こう」

剣士はこわいくらい真剣な顔つきだった。

「あんたに、竜が憑いた——」

イスファンディールにとって、その事実はすとんと胸に落ち、いっそ拍子抜けする思いだった。

「……そうか」

男は顔をしかめた。

「そうか、だと？　それがとんでもないことだってのを理解してねえな？」

「いや、理解している。……と思う。しるしはどこに？」

「ここだ」

着せられた服をはだけられて、左肩をあらわにされた。そこには包帯が巻かれていて、打ち身でもあったのかと思っていたが——何せあちこち痛むのだ——ほどいた下に、それはあった。

肩口から少し下がったあたり、てのひらで覆い隠せるほどの面積に細かく張りめぐらされた花唐草のような、深い藍色の、美しい紋様だった。

「ほんとうだ……」

ナウル家のワハブの背に現れたものと、そしてフェリダンの右手首にあるものと、同じ紋様だった。見ようによっては鳥のような部分もちゃんとある。

色味が異なるのは、もしかすると竜の眼の色と関係があるのだろうかと思う。意識を失う寸前まで見つめていた、墜ちし竜の、深く透き通った藍色の眼を連想させるからだ。剣士のしるしは、暗い湯殿で、金色に見えた。彼のハヤブサは金色の眼をしている。

「竜は？」

「あそこだ」

剣士が示した先を見やると、部屋の片隅に、気配もなく、まるで置物のように姿勢よく座る猫がいた。

否、猫に見えるが、猫よりもいくぶん大きく、耳が長くとがっている。砂ヒョウと呼ばれる生き物だ。岩砂漠に棲《す》む肉食の獣で、普通は淡褐色の毛色だが、これは金色が強く見える。眼は、深く澄みきった藍色。暮れ方の、残照を包む夜の色だ。あの竜と同じ色だ。

じっと見つめていると、相手は目を細めた。彼が見たのが嬉しい、ように見える。

「おとなしいな」

「正気に返ったようだな。あんたが眠ってる間、ずっとあそこに控えてた」

「何か……話さないだろうか。それとも今は聞こえないだけかな？　竜のときには聞こえたが」

「聞こえた？」

剣士は驚いたように彼を振り向いた。

「聞こえたって、あいつの声が？」

よく思い出して返答しろ、と言わんばかりに詰め寄られて、イスファンディールはたじろいだ。

「ひとこと、だけだが」

「なんて？」

「……帰りたい、と」

天蓋に体当たりしながら慟哭《どうこく》するようだった、あれは確かに、あの竜の声だったのだと思う。

かわいそうに、と思った。だから手を差し伸べてしまった。ほとんど無意識の行為だった。子供が泣いていたら、それが己れの子でなくとも、どこの子供かわからなくてさえ、声をかけて、あやしてしまうものではないか？

突然、剣士がベッドに突っ伏した。

「フェリダン!?」

イスファンディールはびっくりした。男は、何かとてつもない衝撃を受けたというていだった。

男は顔をあげない。彼はその砂色の髪にそっとふれた。

「フェリダン……どうした?」

剣士はくぐもった声で答えた。

「……事故だと思ってたんだ」

「事故?」

「狂った竜が、正しい判断もできず、手近なやつに憑いたのかと思ったんだ」

「というと……?」

「竜は誰彼かまわず憑くわけじゃない、自分の声が聞こえる人間に憑くんだ。だから事故だったら、そのうち離れるかと考えてたんだが」

イスファンディールが声を「聞いた」なら、竜は正しく相手と認めたということなのだろう。

フェリダンは体を起こすと、渋面のまま髪をかきまぜた。気に食わない、と全身に書いてあるようだ。

「しかたねえ」

やがて、不承不承ながらそう言った。依然として置物のような砂ヒョウに顎をしゃくる。

「あんたが名前をつけてやれ」

と竜憑きの「先輩」は助言した。

「それが、竜にとってあんたのしるしになる」

この肩につけられたしるしのように? イスファンディールは左腕をそっとなぞった。ぴりりとした痛みは、いつかは消えるのだろうけれど。

「アーディル」

スーダール家の始祖の名で呼びかけると、砂ヒョウの姿をとる竜は、また目を細めた。気に入ってくれたようだ。

「それでそいつはあんたの竜で、あんたはそいつの道連れだ」

その宣告は、言葉遣いこそ普段どおりだが、さすがにおごそかに響いた。

イスファンディールはほっと息をついた。ずいぶんあっけなくすんだものだ。もっと大仰な儀式とか、重圧とかがあるものと、勝手に思いこんでいたのだが。

「わかった」

顎を引いてうなずくと、剣士は眉を寄せた。

「ずいぶんあっさりしてるな」

「ああ」

「こわくないのか」

「何をこわがることがある?」

「人ならざる者になっちまったんだぞ? 不安じゃないのか」

「わからないことは、みんなおまえが教えてくれる。不安などない」

「王さま!」

剣士は、常の悠々たる様子はどこへ忘れてきたのか、うろたえ、困惑し、憤ってさえいるようだった。

「わかってるのか、竜憑きになるってことは、人でなくなるってことだ。知ってるやつは誰もみんな先に死んじまうし、自分だけはいつまで経っても時が進まない。世界から置いてかれるようなもんだ」

「わかっている」

「あんたはわかってない。それがどういうことなのか、想像したことがあるか? 親しくつきあっていた相手が、いつのまにか年老いてゆくんだ。そうして、自分は老いるのにどうしておまえは変わらないのか、という目で見られる。まわりのやつみんながそうだ。竜の力だって、重宝されて得意になってるうちはいいが、そのうちどうでもよくなる。人に関わることさえ面倒になって、砂漠の真ん中で厭世観《えんせい》にひたってみるが、死ねるわけでもない。そのときどんな気持ちになるか、本当にわかるってのか？」

イスファンディールはせつなくなった。剣士の語るそのやるせなさ、孤独は、つまりはこの男が味わってきたものだ。そうして、自分で味わいつくして、もうごめんだと思うものを、彼に味わわせることこそが苦しいのだ。

彼は答えた。

「わかっているとも。そうして世界に置き去りにされて、寂しがっているおまえのそばに、私だけはずっと寄り添ってやれるということだ」

剣士のおもてが、苦渋に歪《ゆが》んだ。

「……あんたはばかだ」

「そうかもしれないな」

「大ばかだ」

呻くようにくりかえし、男はイスファンディールをきつく抱きしめた。

骨を押しひしぐような力に、それほど強いのは、腹立たしさと喜びと、どちらだろうと、そんなことを考えた。

褥《しとね》の上にやわらかく横たえられ、イスファンディールは男のくちづけに応えた。きつく、嚙みつくほど吸われると、痛みだけでないものが鳩尾《みぞおち》をうずかせて、広い背中に両腕をまわす。

息継ぎする間も惜しいくちづけは互いの熱を煽り、そうするうちにも、フェリダンのすばやい手は、イスファンディールの体から衣服を取り去ってゆく。素肌に男の熱い手がふれると、そこから火をつけられる心地がする。肩から腕、喉もと、胸……。

胸のとがりに指先がとまると、かるくさすられただけでそこにしびれが走った。

「ん…っ、フェリ、ダン」

唇をはずすと、とろりとこぼれるものがあった。唾液《だえき》、どちらの、などとらちもないことが頭をよぎり、息が苦しい、ということを伝えるひまもなく、また狂おしいくちづけに押しふさがれる。

その間にも男の指先はそこかしこをたどり、また胸先に帰ってきては、そこをいたずらしてゆく。まだ小さいそれを、きゅ、とつまみあげられると、全身に電流が走った。

「………！」

イスファンディールは、思わず腕をつっぱって、男の体を押し返していた。

「……どうした？」

フェリダンは声を低めて、かすかな笑みを響かせて、耳元にささやく。

感じた、などと正直に答えられるはずもなく、彼はかぶりを振る。

「そうか」

男はおかしそうに笑って、今度はそれを唇にとらえた。

「いや…だ、フェリダン……っ」

吸いつかれ、甘咬《あまが》みされ、舌先でくすぐられ、そのつど反応してしまうのをとめられない。

ふいに、かわいいな、と男の呟くのが耳に入ってきた。

「言う、な……っ」

「どうして？」

イスファンディールは顔をそむけた。

「男に…かわいいなどと……」

剣士は甘いまなざしで笑った。

「じゃあ言い直そう。……あんたが愛《いと》しくてたまらない」

「………！」

　イスファンディールは、全身の血が頭にのぼったかと感じた。そちらのほうがとどめをさされた思いがする。

　愛しくてたまらないという言葉を証明するように、男は全身、誇張でなくどこもかしこも、手指で撫でさすり、あるいは唇と舌でふれてきた。

　抱かれるのはこれで二度めで、少しは心の準備と、慣れができているかとたかをくくっていた彼は、考えが甘かったことを思い知らされた。初めてのときは何が何だかわからないうちに進んでいたことが、今はいくらか理性を保ったままでいることによって、何をされているかがはっきりわかってしまう。

　つまり、やわらかくぬれた感触が小さくとがる乳首をなぞったり、一対あるそれのもう片方を指が押しつぶしたり、肌のなめらかさを味わうように撫でまわしたり、頬をすり寄せたり、かろやかについばんだり、くるぶしの骨にまで唇を押し当てられたり、そういったもろもろを知覚するということだ。

　もういっそ何も考えられなくなってしまえば、とまで思いつめたとき、膝を大きく割り広げられた。

「フェリ……！」

　制止しようとして腕をつかんだが、我ながらすがりついたようにしか見えなかった。

　ふわりと、いつも使っている香油の匂《にお》いがたちのぼった。脚の間で、男が雪花石膏《せっこう》の小瓶をあけ、中身をてのひらに受けている。

　何をするつもりなのかとまじまじ見つめていると、その視線に気付いた男は、にやりと笑った。

　何だかよからぬことを考えているように見える。ひそかに身構えると、男は香油をからめた指を、彼の腿《もも》のつけねに伸ばしてきた。

「……っ」

反射的に膝を閉じようとしても、男の体が入っている。無駄と知りつつもがいていると、その抵抗を意に介さない相手は、静かに、閉ざされた入り口に指を這わせた。

「う……！」

イスファンディールは歯を食いしばった。他人に明け渡すことなどない場所にふれられるという違和感に、どうしても力がこもってしまう。

男は、なだめるようなキスをくりかえした。額から鼻筋、頬、耳たぶ、もちろん唇にも。

フェリダンは、普段はがさつなのに、こういうときはとてもやさしい。そう気付いて、すべてこの男にまかせてもいい気がしてきて、体の力を抜いた。

すると、まるでほめるようなくちづけが唇におりてきた。イスファンディールは無意識についばみ返していた。

そのときだ。香油のぬめりを借りた指先が、そこに入りこむ感触があった。

彼は思わず歯に力をこめてしまい、そこに男の唇があったのを思い出して、あわてて離れた。

痛くなかっただろうかと気になったが、男は平気な様子で、またそちこちをかるくついばんでいる。イスファンディールは、男の砂色の髪をそっとまさぐった。

それからも、男は丹念になかを慣らし、体に力が入るたび、甘いくちづけで緊張をほどいてゆく。

指がそこをくぐったり出ていったりするたび、くちくちとみだらな音が立った。イスファンディールは身をよじった。

「いやだ……音……」

「こうしとかないとあんたがつらい」

「だったら、せめて……聞こえないように……」

「ううん…？」

剣士は悩むような沈黙ののち、唇をついばんできた。かるく吸われるたび、ちゅ、と互いの唇が音を立て――。

イスファンディールは顔が熱くなるのを感じた。

「一緒だ……！」

「少しはましだろ？」

男はちっとも悪びれず、今度は少し長く吸った。

息が苦しくなって顔をそむけても、フェリダンは追いかけてきた。舌を舐《な》められ、口の中をぬらされ、渇いていたことに気付いて我知らず舐め返していると、今まで指が入っていたところに、熱いものが押し当てられた。

「あ、……」

喉がひきつったようにふるえた。男の腕をつかんだとき、それが力強く分け入ってきた。

「あ、あ、……あ」

その熱と質感、脈動は、思ったよりもこの身になじんだ。自分は確かに、この感覚を知っている……一度抱かれたことがあるという意味のほかに、たとえば、そう、生まれる前から知っていたような。まさか、そんなことがあるはずもないのに。

それでも、肌にしみいってくる体温は、泣きたくなるほど安心できた。それは、もしかしたら、竜憑きとなった以上、本当の意味で誰かと体温をわけあうことができなくなったせいかもしれない。剣士の語る孤独の意味が、少しわかった気がする。

だが、自分にはこの男がいる。どちらの竜の命が先に尽きるかはわからないが、きっと百年どころの話ではないのだろう。その長の年月を、ともにすごす相手がいるのは、幸いだ。

　ふいに、目元にくちづけられた。そこを熱い舌先がちろりとなぞっていって、泣いていたことを知る。

「……フェリダン」

　男の唇は、そちこちに押し当てられる。おまえは独りではないと言い聞かせるように。

　イスファンディールは、男の広い背に腕をまわした。フェリダンが、彼を独りではないと気遣ってくれるなら、自分もこの男を、もう独りではないと慰めたかった。

　なかでうごめく男のものが、また熱くなったように感じたのは、この気持ちがちゃんと伝わったのだろうか。たくましい腕に深く抱きこまれ、互いを隔てる皮膚も溶かしあうようにぴったり重ねあわせて、ともにつかの間の快楽におぼれる。

　内も外もとろかされ、ぬらされてなお、二人は離れられなかった。一度終わると、また次がほしくなる。

　そうして揺さぶられているうちに、イスファンディールはあることに気付いた。先ほどから、まぶたの裏に、ちらちらと見えるものがある。それは青く、どこまでもきらめく水のつらなりで、レーマーン大河よりも広く、この砂漠の砂を水に置き換えたかのように広い。

　その景色は見た覚えがあった。フェリダンと初めてくちづけした、あのとき目の前にひらめいたもの――それと同じではないか。

　あれは何なのだろう。あのときは、国をあげて渇いている最中で、願望が幻覚を見せたのかと思った。しかし、水が戻った今も見えるとは、単なる願望ではないらしい。では何だろう？

「フェリダン……」

もしかしたら、この男にも見えているのだろうかと、ふと思った。

「水が……見えるか……？」

すると男はわずかに眉を寄せ——怪訝《けげん》そうな表情に見えたが、なかをくっと突かれたときだったので、何か違う情動があったのかもしれない——ややして、彼が気を散らしたことを咎《とが》めるように、情熱的なキスで口をふさいできた。

「ん…ふ……っ」

それからもふしぎな光景は次々に訪れた。見たことないほど大きな広場——もしかすると競技場かもしれない——で繰り広げられる真剣試合や、レーマーン大河を行き来するものとはかたちも大きさも違う船、砂漠地帯ではあまり見ない衣装の男女、美しい人がほほえみ、そうかと思えば戦で何人もの兵が倒れる。どこかの王のお出ましに居並ぶ近衛兵の隊列、市井《しせい》の人々が声高に話す様子、きらびやかな貴族の立ち姿、ラクダを連ねて砂漠を進む隊商——。

「ま、待…て」

イスファンディールはもがいた。

「もう、無理だ……受け止めきれない……っ」

感情は肉体の快感にひきずられているのに、理性は脳裏に次々とうかんでは流れる光景を消化しようとする。これはいったい何なのか、誰かが見たものでもあるのか。なぜ自分に見えるのか。フェリダンにも見えているのか……。

ふいに、視界がひらけた。何もない、青く澄み切った空だけが見える。地平線の位置からすると、以前、フェリダンに宙へ引き上げられたときと同じ景色だと思った。高さは、さらに高そうだが。

それが急降下したと思ったら、一人の男が眼下にたたずんでいるのが見えた。それへすさまじいスピードで肉薄するや、急激に速度が落ち、かろやかに舞い降りる。これはたぶん、鳥の――猛禽の視界だ。砂色の髪、はしばみ色の眼の男の顔が間近にある。イスファンディールはその男を知っていた。フェリダンだ。笑っている。

ならばこの視界は、彼のそばにいるハヤブサ、ファルーシュのものか？

男は何も答えない。

「フェリダン……！」

深く抱きこまれ、さらに奥まで入ってこられて、息がとまった。

「フェリ……、ん…、く……っ」

なかを埋めたものが一度抜き出され、すぐに押しこまれた。ぞくぞくと背筋を這い上がるものがあって、イスファンディールは全身をわななかせた。つながっているところは溶けそうに熱く、なかをこすられるたびに快感が広がった。

気持ちがよかった。とろとろと、ひっきりなしにこぼれているような感覚もある。腹の間で押しつぶされて、きっともう互いにどろどろだ。

「フェリダン――」

息をつかせてほしくてたくましい肩を押すと、はしばみ色の双眸がのぞきこんできた。そこにうかぶのは、やるせなさと哀しみ、慚愧《ざんき》――この男が悪いわけではないのに――そんな色だ。それと、あわれみと。

かわいそうに、とささやかれるようだった。人ならざるものになった彼を、やわらかく包みこんでくれる。かわいそうに、と、彼が同じ境遇になったことをそう感じずにいられないほど、ずっと長いこと苦しんでいたのは、この男のほうなのに。

「……フェリダン」

そっと手を伸ばし、孤独な頬にふれる。

と、その手をとられ、指先にくちづけされた。てのひらにも。手の甲にも。

「フェリダン……」

彼からもその鼻先、唇、頬にくちづけした。

ぐい、と、躰《からだ》の内に分け入るものが、さらに深みを探った。

イスファンディールは男にしがみついた。思わず高い声をあげてしまいそうになって、必死でかみ殺す。

「イスファンディール……」

低い声が、耳元で名を呼ぶ、その響きにさえ肌が騒ぐ。

こんなときにしかまともに呼ばないくせに、と、腹立たしくなって、しがみついた肩に爪を立てた。

「……イスファンディール」

イスファンディールはふいに、あんたにその名で呼ばれたら、と、他ならぬこの男が言ったことを思い出した。おれは何だってしてやる、と。

ということは、今、剣士が彼の名を呼ぶのは、彼に言うことを聞かせようとしてのことなのか。

「これ以上……どうしろと……っ」

腹いせのようにそちこちをかきむしりながら呻く。もう、どこもかしこも自分の自由になどならず、すべてをこの男の快楽に差し出すかのようなのに。

耳たぶを甘咬みされながら小刻みに揺さぶられ、しかえしに首にかじりつきながら、息もとまるような快感に溺れた。

あくる朝、目覚めて一番に見たものは、ひとつ毛布にくるまった剣士の顔だった。何とはなしに安心して、再び眠りに戻ろうとすると、間近で苦笑する気配があった。

「ゆうべ無茶しすぎたか？　今日の政務も休むか」

政務という単語が出て、はたと飛び起きた。

「フェリダン——」

「おう、起きたな。おはよう、王さま」

剣士は、今朝はもういつも通りの飄々としたたたずまいで、昨夜の熱く激しい情事などすっかり忘れてしまっているようだ。

朝の挨拶とばかりかるく唇をついばまれ、何と応じたものか困っていると、男はベッドをおり、服を身に着け始めた。

イスファンディールは、その背を目にしてぎょっとした。

「フェリダン、その背中……」

「うん？」

男はひょいと振り向き、肩越しにのぞきこむしぐさをした。

「ああ、ヒリヒリすると思った。派手《はで》についてるか？」

にやりとされて、彼はまたも返答に詰まった。

実際、派手についているどころの話ではなかった。一組三条から四条の掻き傷が、縦横に走っている。きっとその間隔は、彼の指と指の間に合致するはずだ——つけたのは、ほかならぬ彼なのだから。

「これは、おれがあんたのものってしるしだ」

「フェリダン——」

イスファンディールは顔が熱くなるのがわかった。あんたのフェリダンが何でもしよう、と言われたとき以上に、この男を自分のものにしてしまったと実感した。あの掻き傷は、彼自身の執着と、独占欲の表れであるかのようだ。

「あんたは竜憑きになっても動じないのに、どうしてこんなことにうろたえるんだ」

剣士は心底ふしぎそうだったが、そんなことは彼にもわからない。ただ、そのふたつを比べてみると、自分に関することは動揺せずに対処できても、この男が関わってくることには、平静ではいられない、ということだろうか。

フェリダンだからだ。他の誰でもない、この男だから。

「――――」

そう答えようと思って、口をひらきかけたが、やめた。そんなことを言ったら、またからかわれそうな気がする。

「動けそうか?」

「あ…、ああ、まだちょっと、ぎくしゃくするが」

イスファンディールは、ベッドの上でそろそろと体を動かしてみた。何度となく抱かれたことによるものより、それ以前にもあったふしぶしの痛みのほうが残っている。熱を出したときのような痛みだ。抱かれているときは気にもしなかったのだが、夢から覚めたら思い出した。

水の入った杯を手渡された。それで喉を潤していると、剣士は行儀の悪いことに、水差しの口から飲んでいる。初めてのときもそうだった、と、それがふしぎな思いがした。まだふた月ほどしか経っていないのに、いろいろなことがあって、もっと前だったような思いがする。

これから、時の流れはどんなふうに変化するのだろう。フェリダンは、竜憑きは、時の流れに――世界に置いてゆかれる、と表現した。自分は変わらず、周囲だけが変わってゆく、と。

それがどんなことか、本当のところは、剣士の言うとおり、彼にはまだわかっていないのだろう。未経験者の理解は、経験者のそれより、はるかに浅い。そのうち、こんなことだと思わなかった、と泣くはめになるかもしれない。

だが、それでも、彼のかたわらには、フェリダンがいてくれる。だから言ったろ、とあきれたように言って、そうして、抱きしめてくれるだろう。そうして二人で越えてゆくのだ。

するりと、ベッドのかたわらに近付く影があった。砂ヒョウだ。首を伸ばして、彼の様子をうかがうようなしぐさをする。

イスファンディールは、手を伸ばして頭を撫でてみた。

アーディルは目を細めたかと思うと——笑ったように見える——かるい身ごなしでベッドに飛び乗った。

彼にはそれが奇妙だった。天を覆うばかり巨大だと感じた竜が、今はこんな小さな生き物になっている。姿かたちもがらりと変わってしまって、本当にこれが竜なのだろうか。

「おまえは、本当に竜なのか？」

問いかけてみても、答えはない。物言わぬという印象よりは、彼自身に聴き取る力がまだないという印象だった。それが証拠に、深い藍色の眼は、ただの砂ヒョウではなく、叡智《えいち》を秘めて何か語りかけるようだ。

「早く、聞こえるようになるとよいのだが」

希望をこめて呟くと、アーディルは彼の手に頭をすり寄せた。機嫌がよさそうだ。

ふいに、その姿が消えた。

「こらこら、ぶしつけに王さまのベッドにあがるんじゃない。そこにあがっていいのはおれだけだ」

そう言った剣士が、ひょいと首根っこをつまんで放《ほう》り出したのだ。

「おまえがファルーシュに噛みついたことを、おれは忘れてないからな。ちったあ反省しろ」

剣士が恨むのはもっともなことで、墜ち竜にもその負い目はあるのか、しゅんとうなだれた。

「そういえば、ファルーシュは？」

「おれの部屋で体を休めてるよ」

「傷は、だいぶひどいのか？」

「ああ、いや、大したことはないさ。傷ってのは、治すのに疲れるんだ」

あんたの消耗もそのせいだ、と続けられて、イスファンディールはぽかんとした。怪我をした憶えはないのだが。

「……それはどういう……？」

剣士は彼をちらと見た。

「体がつくりかわるんだ。死なない体になるのさ」

「――」

彼は絶句した。人ならざるものになった、と最前この男の言ったことが、ようやく腑《ふ》に落ちた。

「わかったか？」

「な…、なるほど」

急に不安がこみあげてきた。死なない体とは、いったいどういうものなのだろう。傷を負うことはあるらしい、だが痛みはどうなのか。どんなにひどい怪我をしても――たとえば、首と胴が離れるといったような――治るものなのだろうか。

わからない。何もかも、己れの常識の範囲外のことだ。

よほど不安そうなそぶりを見せたのか、剣士にやさしく抱き寄せられた。

「大丈夫だ」

ささやきは低く、ゆったりしている。

「大丈夫だ」

二度くりかえされて、イスファンディールは長く息を吐いた。この男が言うなら、本当に大丈夫だという気がする。

「フェリダン……」

「うん？」

背にまわされた腕の力強さを心地よく感じながら、イスファンディールは呟いた。

「おまえは、あたたかいな」

なめし皮のような肌からじわりとしみいってくる、それは、空腹を癒すスープのような、夜の冷気から身を守る毛布のような、そういうものだ。

そのぬくもりに安らいで、彼は目を閉じた。

◇◆◇

イスファンディールは、全身の痛みがひいて政務に戻った日に、マーザンダールを呼びだした。

王子はほどなくして現れた。相変わらずひょろりとして見える体軀だ。もう少し肉をつけたほうがいいかもしれない、と彼は思った。人の上に立つには、見た目の安定感というものも重要だ——もっとも、彼自身、貫禄があるという外見からはほど遠いのだったが。

その細長い王子は、王に対する礼をとった。

「陛下、私に折り入って話がおありとは、何かございましたか」

「マーザンダール王子、あなたに、頼みたいことがあるのです」

王子は目をまたたかせた。

「頼み……ですか。何でしょう、私でよければ、何なりとお申しつけください」

　イスファンディールは微笑した。

「近ごろ、星に変わったことはありますか？」

「星、ですか。いいえ、特には」

「そうですか。では、注意して観察してほしいのですが――ああ、もちろん、これまでも注意して観察しておられると承知してはいますが」

「ええ、そのとおりです」

「先日あなたが見つけた、虹をまとう星、それが、太心星からそれたときには、私に教えてください」

「はあ……？」

　マーザンダールは、きょとんとした。

「それは、どういうことでしょうか？　陛下には、あの星がいつかそれるとお考えですか？」

「はい」

「それは、何ゆえに」

「これを話して、あなたがどう感じるかはわからないのですが」

　イスファンディールは、そう前置きして、慎重に言を継いだ。

「あれは、竜を表すものなのだろうと思います。そして、それが太心星に近付いたことは、すなわち竜が王に寄り添うということだと」

「はあ」

　不得要領な顔つきの王子に、彼は静かに告げた。

「この身に、竜が憑きました」

　その宣言は、学者肌の王子も、すぐに理解できなかったらしい。しばらくぽかんとして、ややあってから眉を寄せた。

「……なんですって？　竜が？」

「はい」

「そんな、では――では」

「しるしも現れました。あなたに見せてもらったナウル家の家伝の中に写されていたものと同じです」

そうして、左腕に巻いた包帯をほどいて、紋様をあらわにする。

マーザンダールは呆然とした。

「これは……まさか。ですが」

手の中にぽんと落とされたものを、取り扱いあぐねて、ただ両手の内でころがすような王子の反応に、この人でもこんなに困惑することがあるのかと、それがちょっと意外な一面を見た思いだ。

「もともと私は、このミーランを襲う凶運を打ち払うためにだけ王座にのぼった者です。それが遠ざかれば、私が王でいる必要はありません」

「ですが……しかし」

「竜が太心星を離れるとき……それはすなわち、竜憑きでない王が誕生するということです。そうは考えられないでしょうか？」

「いや、それは……。あるいは、王から竜が離れるだけかもしれません」

「竜はひとたび憑いた相手から離れません」

「ですが」

「私は星の運びで王になりました。退位も、星の運びによるべきだと思います」

「ですが……」

「あなたに王冠をかぶっていただきたいのです」

「ですが――」

マーザンダールは、眉を寄せて、何も言えずに口をつぐんだ。

イスファンディールは、わずかに胸の痛みを覚えた。相手の混乱に乗じて、たたみかけるように話を誘導するのはずるいかとも思ったが、間違ったことは言っていない。

「いかがですか、マーザンダール王子？」

返答を促すと、王子は薄い胸いっぱいに息を吸い、それを盛大に吐き出した。混乱、困惑、動揺、逡巡、そういったためいきだった。

「……私は今まで、いずれ自分が王冠をかぶるということに、疑問を持ちませんでした」

うなだれたまま、王子は言った。

「ええ。当然です」

「ただでさえ陛下より年上なのだから、陛下以上に長生きしなくてはと、養生の術も研究していました」

「知っています。立派な心がけです」

「ですが、今こうして、王座に就けと促されると、ためらいが先に立ちます。……陛下は、よい王でいらした。本来なら、王座などめぐってこない家柄のご出身であるにも関わらず、です」

「……あなたにそう言ってもらえることは、私も責務のいくぶんかは果たせたという自信になります」

言い方はやはり少しひっかかるのだが。

「ご謙遜《けんそん》です」

王子はようやく顔をあげた。

「この国にとっては、陛下を王に戴いたままのほうが幸いなのかもしれません」

「竜憑きは、人ではありません。人でないものが、長く人々を支配し続けるわけにはいかないと、私は思います」

「陛下……」

マーザンダールは眉をぎゅっと寄せた。

「陛下が竜憑きのことをお調べになっていられたとき、私も考えてみたのです。ワハブが去った理由について、竜というものは、人の身には重すぎるのだろうと。私は、この命に限りがあるとわかっているので、王位に就くまで命を保たねばと努めておりましたが、逆に、限りのない命とはどんなものだろうと。それはむなしいものではないのかと」

イスファンディールは苦笑した。

「私はあさはかにも、病や死を遠ざけられる、うらやむべきものと考えていました。やはり、あなたのほうがよほど思慮深い」

「陛下には、王妃殿下を亡くされて間もないのですから、無理もありません」

マーザンダールは、やや痛ましげだ。

「どうしても、考え直してはいただけないのでしょうか」

イスファンディールの決意は揺らがなかった。

「はい。ミーランの王冠を、ナウル家にお返しします」

「陛下……」

ナウル家の直系は、途方に暮れた。


「では……では、虹をまとう星が、太心星を離れたら、ということで」

「はい。それがおそらく、王たる者が転位した証《あかし》になると思います」

それはすなわち、玉座に就くべき者が入れ替わる……竜憑きのイスファンディールでなく、ただびとが王になるということだ。

「わかりました」

マーザンダールは、なさけなく眉尻を下げながらも、こわばった顔つきで笑って見せた。

「それにしても、竜憑きとは……。ぜひにもくわしいお話を伺いたいものです」

そんなところは、学者肌のこの王子の本領発揮だ。

イスファンディールも笑みを返した。

「私もなりたてで、お答えできることはあまりないかもしれませんが」

「このことは、皆には伏せたほうがよろしいでしょうね？」

「そうしたいのですが」

「わかりました、では私の胸ひとつにおさめておきましょう」

「頼みます」

話し合いが終わって、イスファンディールは深く息をついた。

マーザンダールを見送ると、足元にすりよるあたたかい感触があった。アーディルだ。

「退屈か？　すまないな」

頭を撫でてやると、機嫌よさそうに目を細める。

「私はもう少し仕事があるのだ。ファルーシュと遊んできたらどうだ？」

「あんまりけしかけるなよ」

ふいに耳に飛びこんできた声に、驚いて振り向くと、憮然《ぶぜん》とした剣士がそこにいた。肩にハヤブサもとまっている。こちらも、こころなしか憮然として見える。

「フェリダン」

「こっちはさんざんちょっかいかけられて迷惑してるんだ。ファルーシュが心労ではげたらどうする」

そう言ううちにも、砂ヒョウは狩りをする本能か、ハヤブサに狙《ねら》いを定めて飛びかかろうとした。その跳躍力ときたらすばらしく、ほとんど反動もつけずに、一気にイスファンディールの頭まで越せそうなほどだ。

ファルーシュはさらに飛び上がってかわそうとするのだが、天井のある場所では、いかんせん不利だ。爪にひっかけられたか、羽が散った。

「こらこら、いいかげんにしろ」

剣士はアーディルの首根っこをつかんで、自分が抱えこんだ。

「おまえ、ちっとは新参者の遠慮ってものを覚えろ。暴れたいなら外でやれ」

ファルーシュは壁にかけられた黄金の飾り剣の柄に避難している。

イスファンディールは詫びた。

「すまないな、ファルーシュ」

ハヤブサはぶんと首を振った。かまわないが不愉快だ、という様子だった。

「私がもっとアーディルの声を聞き取れればよいのだが……悪気がないということくらいしかわからない」

表情を読める、というのか、何を感じているのかはうすうすわかるが、はっきりとわかるわけではない。フェリダンはファルーシュと、普通に会話ができると言うが。

剣士に抱えこまれながら、アーディルはファルーシュを窺っている。隙あらば飛びかかろうというかまえだ。

それに気付いて、剣士が釘《くぎ》をさした。

「追いかけっこは外でやれ。ただし、爪はおまえだけの得物じゃない。ファルーシュに毛をむしられても泣くなよ」

そうして窓をあけると、砂ヒョウをぽいと放り出した。ハヤブサのほうは、それ以前にさっと飛び立っている。

一匹と一羽は、庭園で実戦さながらのじゃれあい——だと思うのだが——を始めた。

イスファンディールは少々不安になった。

「あれは、仲がいい……のかな」

剣士のほうは平然としている。

「あんたの竜はまだ若いんだ。猫の仔《こ》が、きょうだいでとっくみあいながら遊ぶのと一緒だな」

「それは、ファルーシュには気の毒だが」

ハヤブサにはそういう習性はないだろう。

「いざってときはファルーシュだって反撃する。おとなしいのとおとなしくしてるのとは違うからな」

「ああ、まあ……それはそうか」

それからは言葉もなく、二人で庭を眺めていた。

渇水で乾ききっていた植えこみも、見違えるように元気になった。渇水が、ちょうど雨期前の、一年で一番乾燥する時期だったのが幸いだったようだ。

その茂みに見え隠れしながら、砂ヒョウとハヤブサが追いかけっこしている。

剣士も隣でそれを眺めていた。否、見つめるのは一羽と一匹でも、ましてや、まだ花のついていないバラの茂みでもなく、もっと遠いものを見ているのかもしれない。


イスファンディールは口をひらいた。

「フェリダン」

「なんだ？」

「これからのことを相談したい。近いうち、私は退位することになるだろう。竜憑きになったのなら、いつまでも王位に居座るわけにはゆかないから」

「……そうか」

「そうしたら、おまえと二人で旅に出よう。おまえが見たものを見て、おまえが見たことのないものを見よう。それから、おまえの歩んできた道のりを教えてくれ。おまえはきっと、私などの想像もつかない体験をしているに違いない……それを、すべて」

情事のさなか、まなうらに次々と現れては消えたいくつもの光景は、きっとこの男の見たものだったろう。さらには、もしかしたらファルーシュと視界を共有できるのかもしれず、そうしたら、もっと多くのものを見てきたことになる。

百年分の経験は、語り尽くすのに同じだけの年数が必要なのかもしれないけれど。

剣士は髪を掻きまぜ、ついで口元にほろ苦い笑みをうかべた。

「これからじっくり話してやるよ。幸い、時間だけはたっぷりある」

イスファンディールも破顔した。

「楽しみだ」

大きな手が伸びてきた。頬を包まれ、ちょっとそちらに寄りつくようにすると、そこからあたたかさが全身に伝わるようだった。

くちづけは穏やかで、それでいて甘く、熱かった。

「ずっと一緒にいる」

そうささやいたのは、はたしてどちらからだったか。


「──あ」

かるいついばみのさなか、二人は同時に声をあげた。

顔を見合わせ、苦笑がこぼれる。

「ファルーシュが勝ったな」

「そのようだ」

そう言い終わるかどうかのうちに、窓から金色の砂ヒョウが戻ってきた。しょげた様子だ。頭の毛並みが乱れているのは、ハヤブサの足につかまれでもしただろうか。傷にはなっていない。

「いたずらがすぎたね、アーディル」

たしなめると、撫でてくれと言わんばかりにすりよってくる。イスファンディールは、逆立った毛並みを撫でつけてやった。

「私はもう少し仕事だ、おとなしくしていてくれ」

「じゃあおれも戻るか」

剣士もそう言って、ハヤブサを呼び寄せると、執務室を出ていった。

年若い王は、今しばらくの責務を果たすため、机に就いた。

決済の必要な書類に目を通し、ふと部屋の片隅を見やると、アーディルはまるくなって眠っていた。

イスファンディールは微笑し、また視線を書類に戻したのだった。

はじまりの旅

すっぽりかぶった日よけのマントのフードの端を、かるく指先で持ち上げ、イスファンディールはかなたを見晴るかした。

「何もない……」

呆然《ぼうぜん》と、呟《つぶや》きがもれた。砂の上を半日ほど歩いて、ミーランもとうに視界から消えた。目に入るのは、岩と、砂と、ところどころにしがみつくように生えた、干からびたような植物だけだ。茫漠たる景色は、ちっぽけな人などあっと言う間に呑《の》みこみそうだった。

「そういえば」

と、隣を歩いていた剣士が口をひらいた。

「あんた、竜が憑《つ》いてから、どうだ？　何か変わったか？」

「変わった？」

「常人離れした能力に目覚めたかって意味だ。千里眼とか、地獄耳とか、怪力とか」

「どうだろう……？」

イスファンディールは首をひねった。日常生活を送る上で、特に変化が自覚されることはない。

「ああ、暑い寒いをあまり感じなくなったかな？」

「他には？」

「特に……」

「まったく、なんにも感じないか？」

「そうだな。千里眼とは、具体的に、どういうふうになるのだ？」

「たとえば、離れたものを見ようとしたとき、目をこらすと見えるだろう。それが、ちょっと信じられないくらい遠くにあるものでも同じように見えるようになるってところだ」

「なるほど」

「ちょっと試してみろ。ミーランはあっちだ」

フェリダンは、彼らが今来た道を振り向いた。

イスファンディールは目をまるくした。

「……まさか、ここからミーランを見ろと？」

半日歩いたのだ、いくら旅慣れない彼だとて、十五、六キールは離れただろう。

「慣れればそのうち、城や家々の壁も透かして、ここから王宮の壁の青いタイルの枚数まで数えられるようになるぜ」

剣士はこともなげに言うが、ただの人だった期間のほうが長い彼には、それこそちょっと信じられない話だ。

「あっち？」

「そう」

指さされた方向に目をこらしてみるが、一面の砂が陽炎《かげろう》に揺らぐだけだ。イスファンディールは、いっそう集中してみた。

剣士は黙ってつきあってくれている。

「……」

「……」

イスファンディールは、自分を努力の人だと思っている。何事かの命題を与えられたとき、たやすくなせることであればなすし、たやすくなせることでなければ、なせるよう努める。それにはくりかえしの地道な練習、稽古といったものも含まれる。たとえば、手本を見、あるいは師の動きを見、それを真《ま》似《ね》て、何度も自分でなぞってみる、ということだ。

が、しかし、いかんせん手本のないものは真似をしにくい。実践的なものより、理論的なもののほうを得意とする彼にとって、理屈がよくわからないものは理解しにくいというのもある。

「フェリダン……」

「なんだ?」

「どのくらい目をこらせば、見えるようになるのだ?」

「そりゃ人それぞれだろうな」

「そうか」

さらに目をこらせば、眉間《みけん》に力がこもるのがわかった。

「王さま、そのへんにしとけ。ここがしわになってる」

その眉間をつつかれ、おまけにがちがちに固まった肩をぽんぽんとたたかれて、イスファンディールは息を吐いた。

「私は本当に、竜憑きになったのだろうか……?」

「なったと思うがな」

剣士が保証した――少々頼りないが――と同時に、足元にすり寄る感触がある。金色の砂ヒョウに姿を変えた竜、アーディルだ。

「ああそうだ、おまえがそばにいるのだものな」

頭を撫《な》でてやると、砂ヒョウはごろごろと喉《のど》を鳴らした。

ハヤブサが舞い降りて、剣士の肩当てにとまった。

――と思うや否や、また飛び上がったのは、例によって例のごとく、アーディルがちょっかいをかけたからだ。

二人を置いて始まった追いかけっこに、イスファンディールはあきれたためいきを聞かせた。

「まったく彼らは、仲がよいのか悪いのか」

今のところ、一羽と一匹の戦績は互角なのだが、天井のない野外では、ファルーシュに分がある。上空から獲物目がけて急降下する速さは、猛禽《もうきん》ならではだ。

一度、その視界を経験したことがある。とは言っても、あのハヤブサの見たものを「見た」だけだが——多分、そうなのだと思うが、周囲の風景が飛び去り、そのくせ、目指すものは常に視界の中心にあってぶれない。ぶつかる、と思った瞬間には急制動をかけて、決してぶつかるようなへまはしない。

イスファンディールは剣士を見た。

「なんだ？」

「フェリダン、おまえは……」

そこまで言いかけて、何と説明したものか迷う。

剣士は、自身の竜と視界や記憶を共有できるのか。彼とも共有できるのか。そもそも、剣士とのくちづけや情事の合間に見えるあの光景は、剣士の記憶なのだろうか？

「どうした」

言いよどんでいると、男がのぞきこんできた。

イスファンディールは、とつとつと答えた。


「その…、おまえと……、している、とき、いろいろな景色が見えたのだが……あれは、おまえの見たものか？」

していているって何を、と問い返されたら何と答えよう、とどぎまぎしていると、剣士はちゃんと察してくれた。

「見えたって、どんな景色が？」

「いろいろだ。異国の風景や、大きな船、着飾った人々や、レーマーン大河よりも広やかな水の……」

そうだ、果ての見えないあの水は何なのだろう。

そら恐ろしいほどの光景、それでいて慕わしいような、それ。青く、この砂漠よりも広く、限りなく、果てしなく——。

剣士が答えた。

「海だよ」

やさしい響きの声だった。

「あれが海だよ。王さま」

「海……あれが」

イスファンディールは呆然と呟いた。旅人の物語にしか聞いたことのない、あれが海というものか。

突然、ぎゅっと抱きしめられた。

「……フェリダン？」

「本物の海を、あんたに見せてやりたい」

どこか夢を抱いた少年のような声音だった。彼はその背にそっと腕をまわした。

「ああ。一緒に行こう」

「それまでは、これで勘弁してくれ」

おとがいをすくいあげられ、唇を重ねられた。閉じたまぶたの裏に、いつかと同じように、まばゆい陽光とそれを反射する青い水——海のきらめきが映る。

「ん…フェリダン」

仕上げにかるく二度ばかりついばまれ、唇は離れていった。

ちょっとてれくさそうな顔をした剣士は、砂色の髪をかきながら言った。

「今日中にシビラの町に着きたい。もう少しがんばれるか」

イスファンディールも、フードをかぶり直すふりで顔を隠した。

「大丈夫だ」


マーザンダールの即位式を見届け、イスファンディールは旅に出ることにした。手始めは近場への旅行だ。イールハーンへ、伯父《おじ》のアルマーイルを訪ねようと思う。

そう剣士に相談すると、賛成してくれた。

「ま、足慣らしにはちょうどいいだろう。道中には宿場もあるしな」

そういうわけで、二人と一匹と一羽は、イールハーンへの旅に出たのだ。

日が沈む前にシビラという宿場にたどり着いた二人は、一軒の宿屋に部屋をとった。あまり大きくなく、古びた建物だが、泊まり賃は思いがけず高い。

というのも、砂漠の宿場では、見知らぬ旅人同士三、四人での相部屋は当たり前だが、この宿は、狭いながらも一室を二人で占有できるらしい。旅慣れないイスファンディールにも抵抗がないだろうと、剣士が配慮してくれたのだ。

しかし、案内された二階の部屋に入って、彼は足がとまってしまった。

「どうした？」

続いて入ってきたフェリダンの前で、口ごもる。

「……ベッドが、一台しかない」

剣士はうなずいた。

「そうだな」

「二人部屋のはずだが――」

「一緒に寝るんだ。ここらはみんなそうだ」

「え……」

イスファンディールは目をみはった。

「ベッド一台あたりに税金がかかるからな。二人なら一台で十分だ」

確かに、広さは十分そうだが。

「そういうものなのか……？」

「そういうもんだ」

そういうことらしかった。イスファンディールは、経験不足の自分がどうこう言うべきではないと思い直し、マントを脱いだ。窓を開け放つと、そこからひょいとアーディルが入りこむ。獣連れは宿を断られるので、苦肉の策だ。空を見上げれば、夕暮れの、オレンジと群青が交じり合う境界に、ファルーシュが悠然と翼を広げていた。

ひとまず、旅の一日目は無事終わりそうだ。イスファンディールは、ほっと息をついた。


旅人の夜は早い。一階の食堂で夕食をとると、もうあとは寝るだけだ。

剣士とひとつ寝床に入り、彼はなんとなく寝つけないでいた。そろりと寝返りをうつと、剣士は寝入っているようだ。固いベッドも、ごわつく枕も、この男から眠りを奪えはしないらしい。

もちろん、イスファンディールも、ベッドのしつらえに文句をつけるつもりはなかった。ただ、だからと言って、ただちにそれで安眠できるかというのは、またべつの話だ。

「……」

それに、もうひとつ。

さきほどから、壁の向こうで低い話し声がするのだ。内容まではわからないが、途切れ途切れに何か言っているのはわかる。それが気になる。

と、突然、壁をたたかれた。大きな音ではなかったが、彼はびくりと体をすくませた。

どうやら、壁の向こうはあちらのベッドらしい。寝返りをうった拍子に手でも当たったか。

「……ああ、隣か」

眠っているとばかり思っていた剣士が、ぼんやりした口調で呟いたのは、今の物音で目を覚ましたものらしい。

「気にすんな。寝ちまえ」

男自身は目をあけるつもりもないようで、すぐに寝息が聞こえてきた。

イスファンディールも、緊張を解《と》こうと深呼吸してみた。

が。

声が、また聞こえた。何かささやく声だ。それに、もう一種類、別の声。

「………！」

彼はかっと頰《ほお》が熱を持つのがわかった。ささやく低い声とはべつの、それよりいくらか高い声は、甘い喘《あえ》ぎをあげていた。

全身に緊張が走った。そうするとよけいなことに、聴覚が鋭敏になった思いがする。隣室の、押しつめた、甘えた声が、はっきりとそのときの声だと判別できるほどに——低音の話し声が、かすかに笑いながら相手を甘やかす声だと聞き取れるほどに。

人の房事などに聞き耳を立てるものではない、と自らを叱《しか》ってみるが、自分ではコントロールできない。何も、こんなところで地獄耳に開眼しなくてもよいものを。

——こら、あんまり暴れるな。

低い声が、そうたしなめる。

——ん……、ああ、そこ…いい……あ……っ。

対する声は、恍惚《こうこつ》にとろけるようだ。甘く、つややかな……しかし、女性の声ではない。イスファンディールはどきりとした。

だめだ、聴くな、と言い聞かせながら毛布にもぐりこむが、一度張りつめた神経は、ゆるめかたがわからない。

——んん…ふ……。

唇を吸いあう音。衣ずれ。ベッドのきしみ。どちらの手かは知らないが、相手の髪をまさぐる音さえ拾えそうだ。

聴いていられなくて輾転《てんてん》反側していると、剣士がもぞりと動いた。

「王さま…？　眠れないのか……？」

「……フェリダン」

「なんだ、途方に暮れた声出して……。疲れてるだろ？　早く眠っちまえよ」

「ああ、すまない……」

そうだ、自分がごそごそしていては、この男の安眠まで邪魔する。息をついて、隣の物音を無視しようと決めたときだ。

彼の決意をあざわらうかのような声が響いた。

——ああ……っ！

それは、甘やかに感じ入った声だった。それはすぐにくぐもった呻《うめ》きにとってかわられ、あきれたような声がそれに続いた。

——なんて声出すんだ、はしたない。

「……ああ」

剣士もそれを聴いたようだ。納得したように苦笑して、彼をふところに抱き寄せた。

「大丈夫だ、こうしてりゃ聞こえない」

「フェリ、ダン」

男のたくましい両腕の中にすっぽりとおさまりながら、彼は身を固くしていた。

「まぎらすように、何か話しててやろうか？」

「それではおまえが眠れないだろう。大丈夫だ、なんとか…、するから」

実際、言うほどなんとかできるとは思えなかったが、努力はしなくてはならない。

「気にすんな。ゆっくり……意識をこっちがわに持ってくるんだ」

剣士の腕枕に片耳をふさがれ、もう片方は剣士のささやきにふさがれながら、イスファンディールは、今度は違うことでどぎまぎした。

耳たぶに口をつけるようにして、直接吹きこまれる男の声……眠いのか、いくらかけだるげな、常よりもゆったりと紡がれる声に、睦言《むつごと》を連想してしまって、困る。

まして今は、隣室の熱っぽい空気にあてられている最中なのだ。感情はたやすく理性を裏切って暴走する。

「フェリダン……、独りで、大丈夫だ」

「なに言ってんだ」

「フェリダン……」

どうしよう、そんなことを考えていたら、ますます体が熱くなる。——男の、最も正直な部分も。

「……王さま」

剣士が気付いた。途端に覚醒したような声に、イスファンディールはもがいて、その腕から逃れようとした。

ところが、男は、逃がしてはくれなかった。いっそう強く抱きすくめると、のしかかるように体勢をかえて、くちづけしてきた。

「ん……！」

「んん……」

下腹に男の重みがかかって、いよいよその反応が顕著になる。吸われる唇は熱く、はれぼったくなって、唾液《だえき》をすすられる音がした。

「いやだ…フェリダン」

必死に顔をそむけ、困り果てて懇願すると、剣士はにやりとした。

「隣に負けないように、しようぜ」

「いやだ……！」

イスファンディールは男の体を押しのけようとした。なんという破廉恥《はれんち》なことを言うのか、この男は！

「訓練だ。壁をつくれるか？　目に見えない、それでいて音や姿を遮断する壁を強く思い浮かべるんだ」

「そんな…無理だ」

研ぎ澄まされた聴覚が、四方八方の物音を拾おうと手を伸ばしているような今の状態で、もうひとつのことなどできそうにない。

それなのに、男はいっそ愉快そうにささやくのだ。

「できなきゃ、隣に筒抜けだぜ？」

「悪魔……！」

「おれとしてはかまわないが……あんたの声はきれいだしな」

だからといって、他人に聞かせられるたぐいのものではない——が、下腹に手を伸ばされ、逃げる間もなくそこに手を這《は》わされて、慌てて唇を噛《か》みしめる。

「やるんだ。壁っていうのがピンと来ないなら、透明な繭《まゆ》に包まれる感じ……ほら、ちゃんと思い浮かべて」

「ま、待っ……やるから、手……」

「切羽つまったほうがやる気になるだろ」

「んーっ……」

二重に追い立てられて、意識を快楽からむりやり引き剝《は》がし、壁をつくるほうに振り向ける。目に見えない壁、透明な繭とは、どんなものだろう？

そのときふと、脳裏にひらめいたものがあった。

トゥーランの王宮、ザッハート王の居室で、この男とザッハートの対決を見守るとき、また、墜《お》ちし竜が錯乱して大嵐を引き起こしていたとき、彼を包み、守ってくれていたもの——もしかすると、あれがそうなのだろうか。

男の手がもたらす快感のほうに夢中になってしま

いそうになりながら、イスファンディールは必死に、自分たちを包む繭を脳裏に描いた。透明な――この際、透明でなくてもよいから、外からは見えず、内からの物音も通さない、そういうもの。

「そうだ、もう一息……」

フェリダンが、耳元にキスしながら手指に力をこめる。

「だ、だめだ、フェリダン……っ」

思わず声をあげそうになって、イスファンディールは無意識に男の腕に爪《つめ》を立てていた。

そのときだ、耳に何か、膜《まく》みたいなものが張ったような、ふしぎな感覚があったのは。

「あ――」

この感じには覚えがある。音が遠くなったような、耳をふさいで声を出したときのような、ぼんやりとした感じは、透明な繭に閉じこめられたときと同じだ。

「上出来……」

剣士がにやりとして、これで心おきなく啼《な》かせられるとばかりに、胸のとがりを吸いたてた。

「あ……あ、ああ」

イスファンディールはとっさに手を口に当てた。本当に思う通りできたのか、確信が持てなかった。

ちゅ、と音を立てて胸から唇をはずし、代わりに指先でいじりながら、剣士が訊《たず》ねた。

「どうした…？　成功してるぞ」

「ほ…、ほんとう…に？」

「ああ」

「大丈夫なのか……？」

「ああ」

「よかっ……」

彼がほっとしたところを見澄ましたように、男は

ていた。

「ああっ……」

快感も声もこらえきれず、彼は剣士の手をぬらし愛撫《あいぶ》を強めた。

息をつく間もなく、そのぬめりがうしろに移された。彼は、拒む気力がなかったのと、フェリダンにも気持ちよくなってほしかったのと、声をあげても心配なくなったのとで、それを受け入れた。

「王さま……」

甘い声が、耳朶《じだ》をくすぐる。イスファンディールは、それだけで官能が高まるのを感じた。

拒む気力がなかったなどというのは、うそだ。フェリダンにも気持ちよくなってほしいのも、半分は本当だが、半分は言い訳だ。

自分が、この男としたいのだ。この男につらぬかれたい、この男をまるごと包みたい、この男の腕に包まれたい。そう他ならぬ自分が望んでいるのだ。

「……フェリダン」

その想いをこめて呼びかけると、我ながら甘たるい声になった。

剣士は眉を寄せた。

「……前言撤回だ」

何が気に障ったのか、不機嫌そうな響きだった。

「あんたのいい声は、誰にも聞かせない」

その宣告と同時に襲いかかってきた熱く激しい快感に、イスファンディールは悲鳴じみた声をあげた。突き入れられ、引きずり出され、その動きのいちいちに感じてしまいながら、喘ぎ、身悶《みもだ》え、男の名を呼び続け、そうして高みに押し上げられて、達した。

翌朝は、男の腕の中で目覚めた。「壁」がまだ残っていたので、それが霧散する様子を思い浮かべると、それは消えてなくなった。

その力が便利なのかどうかは、イスファンディールにはまだわからない。単なる道具として使うには、そらおそろしいような心地もする。

「フェリダン……朝だ」

広い肩に手をかけてそっと揺すると、まだ半分眠ったような声で返事があった。

「ああ……」

「暑くなる前に出発するんじゃないのか？」

「……ああ」

ようやく腕がほどけた。彼はそこから抜け出した。

「食事にするだろう？」

「ああ」

返事がそればかりだ。まさか目をあけたまま寝ているのかと、のぞきこんでみる。

すると、はしばみ色のねぼけまなこが、途端に笑った。

「おはようのキスか？」

「……誰がするか」

きゅっと鼻をつまんでやって、彼は身づくろいをすませた。

「先に行っているぞ」

「ああ。おれもすぐ行く」

イスファンディールが部屋を出たとき、ちょうど隣室の客も出てくるところだった。外開きのドアを避ける位置に立ち、人が出てくるのを待っていると、ドアの陰に人のいることに気付いた男は、ぎくりと身をこわばらせたかと思うと、警戒もあらわに身構えた。

イスファンディールは、その反応のほうが意外だった。まるで、獲物をねらっている最中のアーディルの無防備なうしろ姿を、つついてみたときのようだ。飛び上がって驚いたアーディルに、何をする、と言わんばかりに睨《にら》まれた。男の様子は、まさしくそんなふうだった。

見たところ、イスファンディールと背格好の似た青年だ。髪も似た金色で、相手のほうが褐色味が強く、長さもある。眼は蒼《あお》く、肌は白く、美しい顔立ちだが、女性的に見えないのは、その強い双眸《そうぼう》の光のせいだろう。他を圧する気迫というものが備わっている。衣服は白の上下で、ありふれたものだが、腕首には美しい色石をつらねた腕輪を巻いている。えりもとにもそろいの首飾りがきらめいて、伊達な様子だ。

その青年とは対照的に、イスファンディールは、ぽかんとしていたかもしれない。すると相手もきょとんとして、警戒を解いた。

「……ああ、すまなかった。ぶつかったか？」

「いや、こちらこそ、驚かせたようですまなかった」

「そりゃこっちが寝ぼけてたせいだ。悪かったな」

青年は気さくに笑った。

「無礼にも睨みつけた詫《わ》びに、おごるよ。朝食は？」

「まだだが……実は、連れがいて」

「こっちもだ。べつにかまわないだろ、大勢もにぎやかでいいぜ」

連れと聞いて、イスファンディールは昨夜のできごとを思い出した。声はふたつ、低い声と、それより高い声——それがこの青年のものだと思い当たって、それを顔に出さないでいるのに、少しばかり努力を要した。

「シュストリヤ？　何を騒いでる」

そう言いながら部屋から出てきたのは、この青年の連れだ。低い声のほう、とは、思い出さないようにしたものの、じかに声を聞いてしまってはそれも難しかった。確かに低く、その声にふさわしく男らしい体躯を備えている。髪は黒く、眼も黒く、左眉《まゆ》尻《じり》のあたりに、ななめに古い傷痕が走っている。精《せい》悍《かん》な顔つきだ。

「王さま？　どうした」

そこへフェリダンも出てきた。ひょいと視線をあげた顔が、驚きの色をうかべた。隣室の客をしげしげと見ている。

「なんだか…、お互い、似たような取り合わせだな」

という呟きが、この場にいる全員の心中を代弁していた。

「お連れさんをぶしつけに睨みつけた詫びに、朝食に誘ったところだ。一緒にどうだ？」

と美しい青年が言った。

「そりゃかまわんが」

「よかった。じゃあ、下におりよう。腹がへったよ」

屈託なく笑う顔は少年のようで、先にイスファンディールに向けた鋭い視線がうそのようだ。

「おれはシュストリヤ。こっちはナガル」

「私はイスファンディールだ。こちらはフェリダン」

「『王さま』ってのは？」

「ただのあだなだ」

イスファンディールはそう答えることにしている。フェリダンが呼び方をあらためればよいのだが、癖なのか何なのか、いまだにそう呼ぶのだ。

シュストリヤはにやっと笑った。

「確かに、品のある顔をしてる。おれも王さまって呼べばいいか？」

「できれば名前で呼んでほしいが」

「イスファンディール……」

シュストリヤはその名を呟き、非常に生気と魅力に満ちた瞳をきらりと光らせた。

「なるほど、王にふさわしい名だな。トゥーラン……いや、ミーランに多いか？」

探るようなまなざしだった。

「英雄の名だ。国では長男によくつけられるようだったが」

イスファンディールは動じずに答えた。うそは言っていない。いにしえの英雄であり、王であり、男の子に恵まれた親が選ぶ名のうちで十本の指に入る、『イスファンディール』とはそういう名なのだ。

シュストリヤはうなずいた。

「ああ、治水のためにレーマーン大河をねじまげたってやつだな」

「そういう伝説もある」

「いい名前だ」

青年はもう一度にやっと笑った。

食堂にはちらほらと客が現れ始めていた。端のほうのテーブルに着くと、四人分の食事を頼む。

ところがふいに、シュストリヤが立ち上がった。

「ナガル、この椅子《いす》、感じが悪い。代われ」

なんとも傲岸《ごうがん》な言いようだったが、指名された男はといえば、慣れているのか、腹も立たないようだ。

ああ、と短く答えて立った。

席を交換する二人を、彼は目をまるくして見つめてしまった。

シュストリヤがそれに気付いた。

「んん？　何か？」

「いや……」

彼は口ごもった。

彼らのやりとりは、まるであるじとしもべのようだ。いったいどんな関係なのだろう？

もし、主従だとしたら——昨夜のあの様子からしても、ただの主従ではあるまい。それとも、世間ではよくあることなのか。

思案をめぐらせていると、青年は笑った。

「ははあ、おれがえらそうなんで驚いたな？」

「いや、そういうわけではないが……」

「じゃあどういうわけだ？　怒らないから言ってみな」

青年の口調はやさしく、まるで小さな子供に対するようで、その口のききかたにもとまどってしまう。見たところ、彼と齢はいくつも違わないようだが、もしかするとシュストリヤのほうが年上なのだろうか。

イスファンディールには、この不遜な青年が、彼を子供扱いしてからかっているのだという機微はわからない。

そこへ、横から助け舟が出た。

「王さま。あんたたちはどういう関係なんだって、正直に訊《き》いてみてもいいらしいぞ」

フェリダンだ。

「実はおれも気になる」

青年はあっさりと答えた。

「ああ、そんなことか。ただの従兄弟《いとこ》だよ、なあナガル？」

水を向けられた男は肩をすくめた。

「そうだな。こいつが人並みはずれて傍若無人でわがままでえらそうなだけだ」

そのぼやきも、言うほど苦にしているわけではなさそうだ。

シュストリヤは声を立てて笑った。

「なにせ生まれたときからのつきあいだからなあ。おれはこいつを見るなり、これは自分の家来だと認識しちまったらしいぞ」

「以来二十数年のおれの苦労が、おまえにわかるか、シュストリヤ？」

ぽんぽんと言い合う二人に、どこまで本当なのだろうかとイスファンディールは悩んだ。二人の言うことは冗談のようでもあり、案外本当のことのようでもある。従兄弟だというのは――従兄弟でも、あいうことをするのだろうか。

シュストリヤは、それより、とこちらを見返してきた。

「そういうおまえたちはどうなんだ？　まさか従兄弟ってわけじゃないんだろ？」

イスファンディールは答えた。

「友人だ」

「へえ……それにしちゃ毛色が違いすぎるような気もするが。どこで知り合ったんだ？」

「毛色が違う？」

「だって、片や世慣れてそうだし、片や箱入りそうだし。言うまでもないが、箱入りのほうがおまえだぞ、イスファンディール」

そんなことは念を押されなくてもわかっている。

「……もともとフェリダンは、私の伯父の友人だ。その縁で知り合った」

「ああ、そういうことか。おれはてっきり世慣れてるほうが箱入りをたぶらかしたのかと」

「おいシュストリヤ。失礼だぞ」

「たぶらかしたのに近いな」

大男二人の声が重なった。先のがナガルで、あとのがフェリダンだ。

シュストリヤは愉快そうに笑う。

「やっぱりか。……ああ、でも、たぶらかしたってなら、逆もありだと思うな。箱入りは箱入りゆえに、庇護欲《ひごよく》をそそるんだ。ついつい守ってやりたくなる。おまえはきれいな貌《かお》をしてるし――」

なゝめ向かいから白い手が伸びてきたが、イスファンディールは蛇に見入られた小鳥のように身動きできなかった。シュストリヤの蒼い眼は、冷たく燃える炎のようで、吸いこまれそうになる。

「シュストリヤ」

頬にふれそうになったその手を、横からさえぎってくれたのは、ナガルだった。

「すまんな、どうにもぶしつけで」

そう謝ってくれるのは、なるほど苦労人らしい。

「なんだよ、ナガル」

シュストリヤはむくれたが、ナガルは厳しくたしなめた。

「少しはわきまえろ。いくらなんでも、初対面の相手の顔にさわるなんて非常識だ」

「イスファンディールはいやがらなかったぜ？」

「おまえの眼に射すくめられたんだ。おまえはもう少し、自分の眼の力ってものを考えたほうがいい」

「ただの眼だろ」

「ただのじゃない。気の弱い人間なら心臓をとめそうな眼だ」

ナガルがそう断言するのも本当らしく、実際、イスファンディールは動けなくなったのだ。それが魅力というものかもしれないし、魔力かもしれない。

「つまんないの」

シュストリヤは不満そうに頬をふくらせた。

イスファンディールは、こういうときどうしたらよいのか、考えてしまった。気にするな、と言うべきなのだろうか。それとも、やはり顔にはさわられたくない、と断るべきなのだろうか。

フェリダンは隣で我関せずと黙っている。どうであれ、彼が自分で対処すべきだと考えているのだ。試練、あるいは社会勉強のひとつだと思っているのは間違いない。

そこに料理が運ばれてきた。パンとチーズ、豆の煮こみだ。

「ナガル、チーズとって。…それじゃない、隣」

「何が違うんだ？」

「大きさだよ。それが一番大きい」

「はいはい、いくらでも食って大きくなれよ。なんならおれの分もやろうか？」

「いやなやつだな！」

これにはイスファンディールも笑ってしまった。隣でフェリダンも苦笑している。

「笑うなよ。人が気にしてるってのに、こいつのほうが失礼だと思うだろ？」

シュストリヤに同意を求められたが、

「逃げられない家来のささやかな反撃さ。苦情を言われる筋合いもないよな？」

ナガルからも訴えられて、ますますおかしくなった。

「シュストリヤは、体が小さいことを気にしているのか？」

「そりゃあな。幅と厚みはともかく、せめてもう少し背が伸びればよかったのに」

フェリダンがチーズをつまみながら言った。

「それほど小さくもないと思うがな。王さまと同じくらいだろ？」

「うちの一族はそろいもそろってでかいんだ。従兄弟連中で集まったときのあの圧迫感ときたら！」

「しかたねえだろ。おまえが好きで小さくまとまってるわけじゃないように、おれたちだって好きで伸びたわけじゃない」

「その言いぐさがむかつく……！」

「はいはい、チーズもっと食うか？」

「ちぇっ」

　ほら、と口の前につきつけられたチーズのひとかけらに、シュストリヤは腹いせのように噛みついた。目測が狂ったのか、それともわざとか、従兄弟の指先までかじっている。

「いて。こら」

「ふん」

　イスファンディールは、目のやり場に困った。彼自身は従兄弟とも交流がないので、世間一般の従兄弟が皆、こんなふうなものなのかわからない。

「仲のいい従兄弟だな」

　とフェリダンが苦笑したところを見ると、やはりこの二人は少し尋常でないのかもしれない。だが。

「そりゃあ夜中まで仲むつまじいわけだ」

　と言い出したのには驚いた。彼まで否応なしに昨夜のことを思い返してしまう。表情に出さないようにするのが大変だ。

「あ。あー……」

　当人たちのほうがいっそあっけらかんとしていた。

「悪かったなあ、できるだけ声はおさえたつもりだったんだが。眠れなかったか？」

「だから言ったろうが、ところかまわずさかりやがって」

「なんだよ、おまえだってその気だったくせに」

「先に乗っかりやがったやつが悪い」

　ぎゃいぎゃいと言い合いを始める二人に、イスファンディールはめまいを覚えた。

「おいおい、痴話喧嘩《ちわげんか》はそのへんにしといてくれ。うちの箱入り若さまが死にそうだ」

　と剣士が水をさしてくれなければ、どうなっていたことか。

……いや、今顔が赤くなっているのは、必ずしも目の前のやたらと仲のよい二人のせいばかりではないのだが。

シュストリヤは笑った。

「悪かったよ。食事をおごる…のはもう使えないな。何かほしいものはないか？」

「……べつに、かまわない」

「遠慮すんなって。なんなら買い物に出るか？」

「気にしないでくれ」

「そう怒るなよ。ほんとに悪かった」

「べつに、怒っているわけでは——」

このときも彼は、顔を真っ赤にして恥ずかしがるのがかわいいなどと感じているシュストリヤに、いいようにからかわれていたのだが、そんなことは知るべくもなく、結局、あきれた互いの連れによって距離をとらされるまで、からかわれ続けたのだった。

「袖《そで》すりあうも他生の縁だ。おれたちは明日までここにいるつもりなんだが、おまえたちもつきあわないか。道中の話も聞きたいし」

と言い出したシュストリヤに、何となくそれもいいかという気になって、出立を延ばすことにしたイスファンディールは、ついでに町に買い物に出た。

とは言っても、金を持っているのはフェリダンだ。曰く、「王さまに財布を持たせるとスリに遭《あ》いそうだから」と。

その理由に納得していた彼は、金さえ身につけていなければスリにはねらわれまいとばかり、あちこちの店をのぞいてみた。

彼にとっては、店で何かを買うことそのものが珍しかった。ミーランでは、王宮にあがってからはもちろんのこと、実家にいるときでさえ、自分でものを買ったことがないのだ。

あまりきょろきょろしているので、剣士には笑われた。

「あんまりあちこち行くなよ、迷子になるぞ」

「わかっている」

と答えながら、香ばしい匂《にお》いに興味を引かれて、もうそちらのほうにいっている。小麦粉を練った生地を焼いて蜜《みつ》をからめた菓子の屋台だ。調理しながら呼びこみをする男の声がよく通る。

「どうだい兄さん、味見しないかい」

そう勧められたが、微笑して首を振り――買い食いをするという習慣がないので――歩き始めたときだ。急に腕をつかまれた。

「見つけたぜ。一緒に来てもらおうか」

知らない声だ。イスファンディールは驚き、振り返った。

そこに立っていたのは、人相のあまりよくない男の二人連れだった。ひねた目つきがいやな感じだ。どうよく見ても、まっとうな職人などには見えない。

「何者だ」

彼が誰何《すいか》すると、うしろにいたほうが狼狽《ろうばい》した。

「おい、違う。目の色が……」

「あ…ああ。ちっ、人違いかよ」

手前のほうも舌打ちして手を放した。

「悪かったな、兄ちゃん」

ぞんざいな言葉で詫びを入れ、二人はすぐに雑踏にまぎれた。

イスファンディールは眉をひそめた。あれで謝ったつもりだとしたら、ずいぶんとお粗末なものだ。

「王さま。あんまりうろうろすんなって」

そこへはぐれていた剣士がやって来て、彼の様子に目をとめた。

「何かあったか？」

「……知らない輩《やから》に、腕を、つかまれた。人違いだと――」

答えながら、何かいやな感じが胸に残った。

今日はマントをはおっていないが、あの男は、彼のうしろから近付いてきた。この顔を見て誰かと間違えたわけではないのだ。ならば何を見た？

うしろから見てわかるものと言えば、背格好、そして、この髪――。

「フェリダン」

「なんだ？」

知らず、顔つきが硬くなっていただろうか。剣士もそれを察して、表情をあらためた。

「一緒に来てもらおうか、と言っていた。無礼で強引なふるまいだった。……この髪と背格好で、人違いされたんだ。もしかすると……」

男たちは、目の色が違うと言った。彼の目は緑だ――蒼い目の、同じ宿、隣の部屋にいる、あの二人連れの片割れが目当てなのではないか。

二人はすぐに宿に戻った。

従兄弟同士という客は、部屋にいるようだった。話し声がする。ドアをノックすると、それがぴたりとやみ、しばしの沈黙があった。

誰だ、と低めた声で訊ねられた。ナガルの声だ。

「イスファンディールだ」

「イスファンディール？」

ドアが細めにあけられ、ナガルと、部屋の中ほどにシュストリヤの顔も見えた。

「どうした？　買い物は終わったのか？　ずいぶん早いな」

「少し話したいことがあるのだが、いいか？」

「ああ、かまわないさ。どうぞ」

二人は招じ入れられ、部屋に入った。ナガルがドアを閉めるとき、さりげなく外に注意を払っていたのを、イスファンディールは見た。おそらくはフェリダンも気付いているだろう。

「どうした、イスファンディール？」

シュストリヤが訊ねた。

「今さっき、街で、人違いをされて――」

そこまで言いかけたところで、シュストリヤの表情がかすかに緊張した。

心当たりがあるのだと、彼は確信した。

「目の色が違うから人違いだと、相手にはわかったらしい。……きみに、間違えられたのではないかと思う」

シュストリヤは視線をはずし、何事か思案するように口元に手をやった。

その間にも、ナガルのほうは窓から通りを見下ろしている。何気ないそぶりだが、半身にかまえて、通りからは己れの姿が捉えられないようにしている。

沈黙に耐えかね、イスファンディールは声をひそめた。

「ねらわれているのか？」

シュストリヤは顔を上げた。蒼い目が笑みのかたちにたわむ。

「いや、物騒な話じゃない。……放蕩《ほうとう》がすぎてね。家から連れ戻しにきたんだろう」

「ずいぶんがらの悪い連中だったようだが……」

「がらの悪い？」

「どちらかと言えば、ならず者に近い印象を受けた」

それはこの放蕩らしい青年にも意外だったようだ。思わず連れと顔を見合わせている。

「それは予想してなかった」

「シュストリヤ」

ナガルが呼びかけた。どうする、とその目が問うている。

「おれがつかまらないのにじれて、人を雇ったかな。となると、話が通じないだけに厄介だ」

彼は不安になった。

「何か、危ないまねをしているのではないだろうな」

「とんでもない。ただ親父と折り合いが悪くてね」

「放蕩息子だからな」

ナガルがまぜっかえした。

「そのためのお目付け役だろ。おまえ、信用されてないらしいな」

シュストリヤの憎まれ口に、大男はひょいと肩をすくめる。

「おまえの破天荒が度外れすぎてるんだ」


つまり、ナガルが信用されていないわけではなく、シュストリヤには誰がお目付け役についても無駄だということがわかっているのだと、そういうことらしい。イスファンディールは、ますますもってこの二人がわからなくなった。

破天荒を保証された青年は、指先でおとがいをつまんだ。

「ともあれ、面倒なことになりそうだ」

「おとなしく戻る気はないのか？　あっちもあきらめないようだぞ」

「当分はな。つきあってくれるんだろう？」

きらりと光る蒼い眼が、従兄弟の精悍な顔に向けられる。ナガルは悠然と笑った。

「地獄の底までついていってやる」

なるほど、これは生半可なつきあいなのではないらしい、とイスファンディールは感じた。互いに命を預けあうような、絶対的な信頼感というものを、相手に抱いている。生まれたときから一緒にいるという時間がそれを育《はぐく》んだのかもしれないし、多少は、体をつなげているということも作用しているかもしれないが、それだけではない。つながっているとしたら、もっと深く、魂の奥底の部分だ。

うらやましい、と思った。彼も、フェリダンと、そんなふうに深く交わることができるだろうか。竜と歩みを同じくする命の、長の年月のうちには？

我知らず、視線が剣士を求めた。確認か、願望がのぞいてでもいただろうか、フェリダンは目元をやわらかくたわめた。心配ないと言われたようでもあり、……心配するだけ無駄だ、と嗤《わら》われたようでもある。今の時点で、イスファンディールはフェリダンに経験というものが追いつかない。

努力はしよう。幸い、時間だけはたっぷりあるのだ。かれはそう決意した。

今後の対策を練るというシュストリヤの言葉をしおに、二人は部屋に戻った。

「……どう、するのだろうか」

ぽつりともらした疑問に、剣士は、さあな、と、聞きようによっては冷淡に聞こえる答えをよこした。

「連中の問題だ、おれたちが関われることでもない」

「わかっている」

頭ではわかっている、二人が――シュストリヤがどうにかすべき問題だということは。それでも、納得できない部分があるのだ。

剣士はにやりとした。

「初めて会ったとき、おれがあんたをかまいたがった気分がわかったか？」

「フェリダン……」

水が出なかったあのときに、おれを頼れ、とくりかえし言った男を思い出す。彼は邪険にも、必要ない、などと拒んでしまったが、なるほど、あれはこういう気持ちだったのか。

「あのときのおまえと違って、今の私は彼らに何をしてやれるでもないのだが」

「連中なら自分たちで何とかするさ。それだけしぶとそうだ」

「私はしぶとくなかったか？」

「あれはしぶとくたって難しかったし――それでもがんばってたあんたを助けたかったんだ」

「……フェリダン」

嬉しいような、面映《おもはゆ》いような、それでいて己れの不甲斐《ふがい》なさがくやしいような。そんな複雑な思いを嚙みしめていると、剣士に抱きすくめられ、もろともにベッドにころがった。

「フェリダン」

「あんたにできることは、あんたを人違いした二人連れの人相をくわしく教えてやることくらいだ。それだけでもあの二人には十分だろうよ」

「そうだな」

彼はそのときのことをできるだけくわしく思い返した。ひねた目つきの男だった。うしろの男は、右の頰骨のあたりに爪の大きさほどの濃いしみがあった。言葉つきは、ちょっと東寄りのなまりがあったように思う。流れ者なのか、それとも、東からあの二人を追ってきたのか。

そんなことを考えていると、突然、喧騒《けんそう》が襲いかかってきた。イスファンディールは体をこわばらせた。

それは文字通り「襲いかかってきた」としか表現しようのないものだった。町中の、すべての物音、すべての話し声が一気に押し寄せてきたのだ。男たちのちょっとしたいさかい、洗濯女たちの噂話《うわさばなし》、赤子の泣き声、それをあやす子守りの途方に暮れたあやし声。荷車の車輪のきしみ、怒鳴り声、露店で金物をひっくりかえす騒音、いあわせた人々の驚きの声……。

「王さま」

異変に気付いたフェリダンが、耳をふさいでくれた。

「全部聞こうとするな、頭がばかになるぞ。聞きたいことだけに集中するんだ、他の声は捨てろ」

「ど…うやって」

「あんたを人違いした男の声を憶えてるか？　そいつの声だけ拾うんだ。でなきゃ何も聞かなくていい」

「う……」

耳の中で音がわんわんと反響するようだった。剣士がふさいでくれても遮断できないということは、いわゆる「耳」で聞いているものではないのだろう。どんな理屈かはわからないが、今はつきつめる余裕もない。飛びまわる音は、頭蓋《ずがい》の中であちこちぶつかってはねかえるようで、めまいさえしてくる。

「王さま」

肌にふれている手から、男の声がしみいってくる。目を閉じ、それに耳をすませていると、こわばっていた体がじわりとゆるむ思いがした。

「ゆっくり…呼吸を整えるんだ」

耳を聾《ろう》せんばかりだった音の奔流が、次第に遠ざかってゆく。

「王さま……」

こつんと額を合わせられた。体温が伝わってきて、それは緊張に冷えかけていた全身をめぐるようだ。

——間違いないか？

ふいに、その声だけが耳に飛びこんできた。それに答える声も。

――ああ、金髪のやつなんて、ここらじゃいねえ。

いや……まったくいないわけじゃねえが、まず、いねえ。

――まあ、少なくとも二人はいるようだがな。

――おまえが人違いしたやつだな？

――ああ。だが、やっぱり珍しいやな。見たやつはけっこう憶えてら。

声は三人、ひそひそと話し合っているようだ。遠く離れた場所から聞き耳を立てている人間がいることなど、想像してもいないだろう。

「フェリダン――」

「ああ…聞こえてる」

――《かささぎ》亭てえ宿屋だ。腕の立つのが用心棒についてる。おい、あと何人来るんだ？

――急ごしらえで、二人しか集められなかった。

――五人か。囲みゃ楽勝だろ。用心棒はついてても、お目当てのほうは優男だ。傷をつけずに隣町のウルドまで連れてきゃ、そこでお仕事は終わりだ。

――助っ人が遅いな。何をのんびりしてやがる。

――もう少し待てよ。

イスファンディールは目をあけた。間近に、剣士の顔がある。

「連中は、ここに踏みこんでくるつもりだろうか」

「たぶんな。人数がそろい次第」

「五人……」

用心棒とは、ナガルのことだろう。鍛えられた体《たい》軀《く》は、五人を相手にしても引けをとらないだろうか。

「心配ないだろう。それに、おれの見たところ、シユストリヤもなかなか使えるぞ」

「だが、連中がどんな手を使ってくるかわからない以上、顔を合わせないにこしたことはない」

「もちろんだ」

彼らは再び隣室を訪ねた。どうして知りえたかというあたりをぼかし、五人のならず者に居場所を突きとめられた旨《むね》を告げると、シュストリヤはナガルをかえりみた。

「すぐ発つ。……暑い盛りだな。予定が狂う」

シュストリヤはうんざりしたようだったが、すぐに表情を引き締め、右手の中指にはまっていた指輪を抜きとった。

「イスファンディール、これをやろう。困ったことがあったら——なくても、ハルワバードに寄って、フールーフル家のシュストリヤを訪ねてくれ。おれがいてもいなくても、これを見せれば、家の者が必ずよくしてくれるはずだ」

彼の手に押しつけられたのは、紋章が彫りこまれた金細工の指輪だ。

「よいのか」

「もちろんだ。おれたちの友情の証だ」

「友情の？」

彼は目をみはった。友情は、時間をかけてつちかうものだと思っていたが、この青年は、昨日今日ちょっとつきあっただけの相手にも言うのだろうか。

「友情は恋情と一緒で、育つときはまたたく間だ。おまえがおれを友人と思ってなくても、おれにとっておまえは友人だ」

「シュストリヤ……」

イスファンディールは感動した。シュストリヤが人なつこいだけかもしれないが、この美しく生気みなぎる若者の信頼を、自分は獲得したということではないか。人たらしめ、とナガルが渋い顔をしているのは、死角で見えなかった。

「元気でな」

「ああ。きみも、気をつけて」

「ありがとう」

かるく抱擁しあい、もう二、三のことを決めて、二人は離れた。

——その数分後、二階の部屋から出てくる二人連れがあった。これから出立らしく、マントのフードを目深にかぶっているが、小柄なほうは、フードの陰から金色の髪がひとふさこぼれていた。部屋代を清算して、足早に宿を出る。

目抜き通りを避け、細い路地へ入ろうとしたところで、ばらばらと走ってきた足音に取り囲まれた。

「待ちな」

「何か用か」

「ハルワバードのフールーフル家の若さんだな？」

「人違いだ」

わきを通り抜けようとすると、ぐいと体をぶつけるようにしてさえぎられる。

「待ちなって。いいとこの若さんが、わがままもたいがいにしなきゃいけないぜ？」

「人違いだと言っているだろう。さがれ」

冷ややかな声は、人に命令しなれているものだ。

「そういう口のききかたはよくねえなあ。あんたの家じゃ、あんたを探すのに八方手を尽くして、懸賞金までかけてるんだ。どうだい、おとなしく帰ってやらねえかい」

外套《がいとう》の上から腕をつかもうとするのを、今度は彼の連れた従者がさえぎった。

「おい、うちの若に汚い手でふれるな」

「なんだと？」

男は険悪に顔を歪《ゆが》めた。

「てめえ、調子に乗んなよ」

「調子に乗ってるのはそっちだろ」

「ふざけやがって！」

「ふざけてるのもそっちだ」

殴りかかってくるのを、従者はひょいとよけ、ついでに足をひっかけた。

ならず者は大きく体勢をくずし、その脾腹《ひばら》に手刀が決められ、一声唸《うな》ってのびた。

「てめえ！」

他の四人も色めきたった。

手に手に刃物を持って襲いかかるが、この従者の敵ではない。体格だけでもこの無頼の輩を上回る男は、背負った大剣を抜きもせず、次々と打ちのめしていった。

「ち、ちくしょう！」

最後の一人が、小柄なほうに向かってきた。

「おい――」

「どうでも、来てもらうぜ！」

「人違いだというのに」

その手を振り払おうともみあううちに、フードがはずれた。

ならず者は、あっと声をあげた。中から現れたのは、金髪、白皙《はくせき》の美貌《びぼう》、そして緑色の目の若者だったからだ。

「またおまえか」

と、イスファンディールのほうでも言った。先に彼を人違いした、ひねた目つきの男だったのだ。

「だから人違いだと言ったろう。私はミーランのスーダール家の者だ。ハルワバードのフールーフル家とは、縁もゆかりもない」

剣士もフードをとった。

「ガセネタをつかまされたんじゃないのか、おまえたち」

男は口の中で何か呻《うめ》いたり唸ったりしていたが、

そこらにころがって苦痛に悶《もだ》えている仲間を小突いて立たせ、ころげるようにして去っていった。

「大丈夫か、王さま」

「ああ」

外套についた砂を払っていると、剣士がフードをかぶらせてくれた。

「うまくいったな」

「そうだな」

彼らはしてやったりの笑みをうかべた。

今頃あの二人は、窓からアーディルの先導で屋根伝いに逃げているはずだ。人が通れるような道ではないが、あの二人ならきっと何とかするだろう。

翼のはためきが聞こえて、ファルーシュがおりてきた。

「首尾よくいった」

剣士がそう言ったのは、空から見届けたハヤブサの言葉を聞いたものらしい。

「そうか、よかった」

やがて、アーディルも路地裏から姿を見せた。彼の足元にすりよってきたので、彼は思う存分撫でてやった。

「よしよし、よくやってくれたね、アーディル」

砂ヒョウはご機嫌でしっぽを腕に巻きつけてくる。

「さて、おれたちも出発するか。変な時間になっちまったから、今日は野宿かもしれんぞ」

砂漠を行く旅人は、朝は暑くなる前に町を出てるものだ。暑い盛りに出立するなどありえない。出立が遅れたせいで距離を稼げず、宿場やオアシスにたどり着けなければ、致命的なのだ。

「それも社会勉強だろう？」

野宿を経験したことのないイスファンディールは、いっそさばさばと応えた。

「……だな」

「行こう」

そうして二人は、シビラの町をあとにしたのだった。

◇◆◇

イールハーンのアルマーイルは、彼らを歓迎してくれた。

「よく来たね、無事で何よりだ。さあ、もっと顔をよく見せておくれ」

殊《こと》にイスファンディールに対しては、自分と背丈の変わらない甥《おい》を抱きしめ、頭を撫でるという、まるで子供にするような歓迎のしかたをした。この人の中では、イスファンディールはいつまでも小さな坊やなのかもしれない。

「道中、変わりはなかったかい？ 驚いたよ、突然退位したと思ったら、遊びにいく、なんて手紙をよこして」

「すみません、伯父上。急にお顔を見たくなって……。ご迷惑でなければよかったのですが」

「何を言うんだい、迷惑なんてことはないよ。さあさあ、座って。何か変わったことはあったかい？」

アルマーイルは上機嫌で席をすすめ、甥たちの話をせがんだ。

「見識を広めるのはいいことだ。おまえはまだ若いのだから、どんどん外に出なさい。さ、話しておくれ。道中、どんなことがあった？ 何もなかった、なんてつまらないことを言ってはいけないよ」

おもしろいことは、首をつっこんででも見つけてこい、とでも言いそうな伯父の言葉に、イスファンディールは笑みを誘われた。

「ちょっとした冒険に巻きこまれてきましたよ」

その返答は、この伯父を大いに喜ばせたらしい。

「冒険？　それはいいね。どんな冒険だい？」

「魅力的な若者に会ったのです。齢は私とそう違わないようでしたが、経験はあちらのほうが豊かでしょうね。蒼い、呑みこまれそうな瞳を持つ、生気に満ちた、美しい青年でした」

伯父はにっこり笑った。

「いい出会いにめぐまれたようだね。……ああ、ちょっとごめんよ」

アルマーイルがそう言ったのは、ドアをたたく音がしたからだ。入室を許すと、家令が控えめに入ってきた。

「だんなさま、ただいま例の、ハルワバードのお客さまがお見えになりまして……」

「え、急だね。今日は約束はなかったよね？」

「はい、突然のことで申し訳ないとおっしゃっておいでででございます」

「そうか。むげに断れもしないな。……少しお待ちいただけるようにとお伝えしてくれ」

家令が退がってゆくと、イスファンディールは訊ねた。

「ハルワバードから、お客人ですか」

「うん？　ああ、そうなんだよ、数日前からこの国に滞在中だ。……あそこは今、ちょっと面倒なことになっているようでね。国王が数ヶ月前からご病気なのだけど、ご容態がかんばしくないらしくて、跡目をめぐって、王弟派と幼い王子派が対立しているんだ」

「太子は立てていなかったのですか？」

「立てていたよ。だからよけいに話がこじれているんだ。太子は現在、西の大国サレキスに留学中で、王の死に目に会えないかもしれない。その隙《すき》に王弟ともう一人の王子が、自分こそが王座に就《つ》こうと画策しているわけだ」

イスファンディールは眉をひそめた。それはまるで、空き巣狙いだ。まがりなりにも王になろうという人のふるまいではない。

「それで、今ハルワバードから来たお客人というのは、いったい何が目的で……？」

アルマーイルは、珍しく真剣な表情をしている。

「かの国で、侍従が一人、出奔した」

「侍従？」

「王が信頼していた者だそうだ。客人は、それを捜してあちこち訪ねているのだよ。表向きは家族が心配してということになっているが、多分違うね」

「違うとは…？」

伯父が声をひそめたので、彼もつい身を乗り出す。

「ハルワバードでは、とある御物《ぎょぶつ》を継ぐ者が王位を継ぐことになっていてね、ここだけの話だが、侍従は、その御物を持ち出したようだ。王位に就きたい二人が、躍起になってその人物…というか、彼の持った御物を探している、というのが真相らしい。お客人は頑としてそんなことをもらさないがね」

王者の御物の話は、彼も聞いたことがあった。ハルワバード王家に代々伝わるもので、それが何であるかは、注意深く秘されている。

「侍従は西に……太子のもとに奔《はし》ったという見方もある。王座を狙う二人にとっては、その御物が一足先に太子の手に渡ったらことだ。それで懸賞金までかけているらしいよ」

「なるほど……」

それにしても、伯父の情報通ぶりには驚く。食客を抱えたり、旅人を招いたりしているのは、伊達ではないようだ。ハルワバードの客も、それをあてこんでいるのかもしれない。

「その侍従というのは、どんな人物なのです？　年配の人ですか？」

「いや、おまえといくつも違わないんじゃないかな。名門フールーフル家の才子だよ。名前は、シュストヴァーンとかといったかな」

　ぱちんと、頭の中で何かがはじける音がした。イスファンディールは、思わず剣士と顔を見合わせてしまった。

　ハルワバードの、フールーフル家のシュストヴァーン。――『シュストリヤ』は、語尾変化のバリエーションからの呼び名のひとつだ。

　甥たちの驚きに気付かず、アルマーイルは腰を上げた。

「すぐ切り上げてくるから、それまでのんびりしていておくれ。ああシャイル、勝手はきみがわかっているよね、誰でも使っていいから、お茶でもお菓子でも、酒でも、好きにやっていいよ」

「ああ、ありがとうよ」

「ちゃんと甥にも勧めてやってくれよ。独り占めなんかしないで」

「誰がするか。早く行けよ、客が待ってるんだろ」

　あるじを追い立ててしまうと、剣士は髪をかきまぜながらぼやいた。

「まったくあいつは、相変わらずだ」

　イスファンディールは微笑した。その相変わらずの伯父が、なつかしく、慕わしかった。

「それにしても……」

「ああ。とんだ食わせ者だな」

　同時に胸中をよぎるのは、同じ人物だ。あの美しく、魅力的な青年が、よもやハルワバードの王家の命運を握っているとは考えてもみなかった。何が放蕩息子だ。

「そんな重要人物の逃亡に、手をかしてしまったわけか、私たちは」

憮然《ぶぜん》と呟いた声は、しかしこらえきれず笑いを響かせた。

「世の中、なんて予想外の出来事がころがっていることだろう」

剣士も笑っていた。

「一生たかるネタができたな」

「たかる？」

「知らないのか王さま、礼儀正しく金品をねだる作法のことだ」

しらりとすましてそんなことを言ったが、金品はともかく、友人として遇される理由としては十分だろう。


イスファンディールは、胸元にそっと手をやった。妻の形見の胸飾りの鎖に、シュストリヤから受け取った指輪が通してある。

「いつか…国内が落ち着いたら、ハルワバードに、彼を訪ねてみよう。ことの真相を聞かせろと迫っても、許されるだけのことはしたと思うのだ」

「そうだな」

二人は共犯者めいた笑みをかわした。

フェリダンは人を呼んで、顔なじみの給仕に、茶菓子と酒を用意してくれるよう頼んだ。

やがて運ばれてきたお茶に、窓から中庭のオレンジの花を眺めていた彼は、さてあの二人のことを伯父にどう話そうかと、それが楽しみな気分で長椅子に腰かけた。

あとがき

こんにちは、佐倉朱里《さくらあかり》です。

久しぶりにお届けする『陽炎の国と竜の剣』はいかがでしたか？

新書化のお話をいただいて見直してみたら、初出が二〇〇三年という古さでものすごく驚きました。月日の経つスピードにびっくりです。びっくりです…。

イラストの子刻《ことき》先生からラフをいただくたび、美しい王さまとやんちゃな剣士にどきどきしてしまいました。繊細な絵を描かれるかたなのに「剣士をも少しマッチョに」とか無理をお願いして申し訳ありませんでした…この場を借りてお礼とお詫びを申し上げます。

お買い上げくださった読者の皆さまも、本当にありがとうございます。楽しんでくださったら幸いです。ツイッターで声をかけてくださるかたがたも、ありがとうございます！

雑誌掲載時も読んでましたと言ってくださったのは、とても嬉しいことでした。

それでは、またお会いできますように。

二〇一二年七月吉日

佐倉朱里　拝

初出
陽炎の国と竜の剣 ―― 2003年 小説リンクス10月号掲載作品を大幅改稿
陽炎の国と虹をまとう星 ―― 書き下ろし
はじまりの旅 ―― 書き下ろし

この本を読んでの
ご意見・ご感想を
お寄せ下さい。

〒151-0051
東京都渋谷区千駄ヶ谷4-9-7
(株)幻冬舎コミックス　小説リンクス編集部
「佐倉朱里《さくらあかり》先生」係／「子刻《ことき》先生」係

リンクス ロマンス

陽炎の国と竜の剣

2012年7月31日　第1刷発行

著者……………佐倉朱里《さくらあかり》
発行人…………伊藤嘉彦
発行元…………株式会社　幻冬舎コミックス
〒151-0051　東京都渋谷区千駄ヶ谷4-9-7
TEL 03-5411-6434（編集）
発売元…………株式会社　幻冬舎
〒151-0051　東京都渋谷区千駄ヶ谷4-9-7
TEL 03-5411-6222（営業）
振替00120-8-767643
印刷・製本所…共同印刷株式会社
検印廃止

ISBN978-4-344-82566-6 C0293
Printed in Japan

幻冬舎コミックスホームページ　http://www.gentosha-comics.net